斧頭和魚缸

司馬中原 著

國家圖書館出版品預行編目資料

斧頭和魚缸／司馬中原著.— 初版 —
臺北市：風雲時代，2007〔民96〕
面；　　公分

ISBN 978-986-146-357-5 (平裝)

857.63　　　　　96003958

斧頭和魚缸

作　　者：司馬中原
出 版 者：風雲時代出版股份有限公司
出 版 所：風雲時代出版股份有限公司
地　　址：105台北市民生東路五段178號7樓之3
網　　址：http：//www.books.com.tw
信　　箱：h7560949@ms15.hinet.net
服務專線：(02)27560949
郵撥帳號：12043291
執行主編：朱墨菲
美術編輯：許芳瑜

法律顧問：永然法律事務所　　李永然律師
　　　　　北辰著作權事務所　　蕭雄淋律師
版權授權：司馬中原
初版二刷：2008年9月

ISBN：978-986-146-357-5

總 經 銷：成信文化事業股份有限公司
地　　址：台北縣新店市中正路四維巷二弄2號4樓
電　　話：(02)2219-2080

行政院新聞局局版台業字第3595號
營利事業統一編號22759935

定 價：220元

目錄

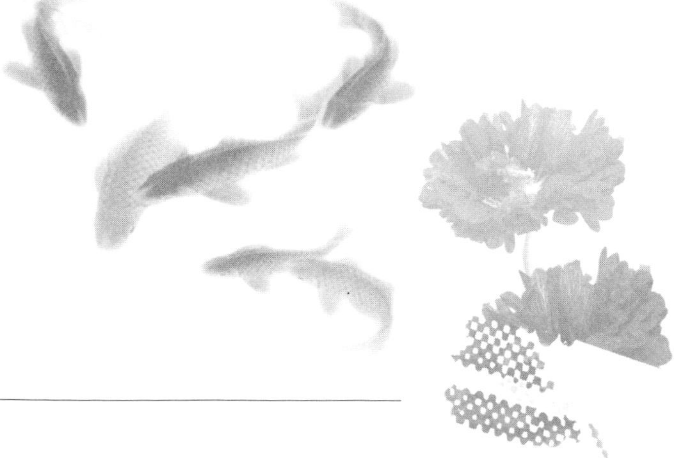

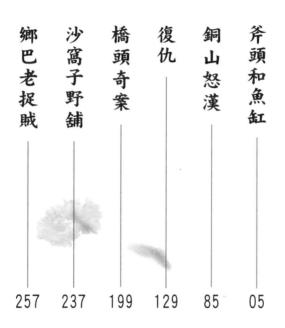

斧頭和魚缸

鼓樂聲像一直吹打進雲裏去似的那麼響亮，打七里外梁家莊發來的花轎，終於遲遲的在黃昏天色裏，穿過古老灰黯的街道，把遠近聞名的梁家姊妹花中的大姐月嬌，送進了陳宏記布莊的大門。

窄而深的宅子，一進一進朝後伸延，灰磚的鏟牆上，蒙著一片深淺無定的苔綠，彷彿是這宅子過去了的歲月也在返潮，把那份沒天沒日的霉和黯都顯在牆壁上，逗上布商貴財娶親這種大喜的日子，鎮上的許多賓客，也就不願意再去溯憶它了。

「響龍鞭，昇火盆，新人落轎——」

粗宏的一條大嗓門兒，一聲扯過兩道院子，挑在高高竹竿上的龍鞭，便搖頭晃腦的吐火噴煙，啪啪啦啦的和喧天的鼓樂各不相讓似的吵起架來。伴娘掀起轎簾子，攙扶著新娘下了轎，四周爭睹的人頭挨擠著，頸子都長了半寸。天光逐漸黯淡下來，濃稠稠的在狹長的院落間凝固，鞭炮青煙也飄騰在人頭上久久不散了。

「貴財真是前生修來的豔福，娶著月嬌這個美人胎子，簡直上得畫兒！」

「朝後只怕他不敢出門販布了！」一個打趣的說：「老婆太俏，放得下心嗎？」

新娘子儘管低著頭，任鳳冠前垂懸的瓔珞搖搖曳曳的遮住她的眼眉，卻遮掩不了那截白嫩的尖下巴，和兩頰上活活流動的水紅；在伴娘的攙扶下，新娘顫顫的移著步子，渾圓精巧的兩肩裏在豔紅的綾襖裏，漾起別樣的溫柔，她的紅裙曳著美妙的碎

8 斧頭和魚缸

浪，一步只踩半塊方磚，彷彿存心那樣延宕，珍惜她身後的花團錦簇的年華。

繁冗的規矩總是一式衍傳的，仍然由那條粗大的嗓子逐一吼叫出來：

「新人跨馬鞍，黃金堆成山！」

「新人跨火盆，大人養小人！」

堂上兩支兒臂粗的紅燭高燒著，觀禮的親朋戚友擠滿了一屋子，幾個年輕漢子簇擁著新郎貴財出來，等著行交拜天地的大禮。粗沈的大嗓門兒又那樣的吼著，把新郎和新娘吼到紅毯上，像一對牽線的木偶人兒，徐徐跪拜著，紅燭的光，血似的潑在他們的頭上。

洋溢的喜氣和熱鬧的場面，也許能暫時沖淡人們對於這宅子平常所懷有的恐怖感覺，但沒人真的忘得了早年曾發生在這個布莊裏的淒慘可怖的事故，——貴財他爹和他媽互相謀殺的事故，這事故的本身是一個神秘的謎，至今還沒有人能洞燭它的真相！

貴財他爹陳善宏長得像什麼樣子，單看今夜做新郎的貴財就可以知道；貴財這副體型和長相，跟他老子是一個模子脫出來的，……輕飄飄的那副瘦骨架，掛著翠藍寶緞的袍子，走路有些朝上漾，若不是頭頂上有隻厚厚實實的禮帽虛壓著，彷彿就會雙腳離地飄空。

貴財的那張臉，有些像是倒懸著的透熟了的苦梨，透明透明的黃蠟也塑不出那種帶有鬼氣的顏色來，那是一種灰敗的黃，加上三分浮腫，就彷彿一盆生長在陰黯角落裏的植物，萎敗之前開出的病花，禁不得輕微觸碰就會紛紛散落。

這已經不是一張臉，而是一具屍革，連眼睛也透著虛弱的黯淡，喘息時，鼻翅開闔著，使耳門附近的顏面，也一陣一陣的興起神經質的痙攣，就因這種不隨意的皮層下突興的抽動，使他看上去總像笑著的樣子。

而陳宏記布莊那宗雙屍並陳的謀殺案子，使很多人久久驚怖著，絕不以爲像陳善宏那樣病鬼型的人物，竟然會用一把菜刀劈裂他那肥碩健壯的妻子的頭骨。……案發之後，兩具屍體都倒在灶房裏，男屍伏倒在灶前的方磚地上，回臉朝外，地面佈滿蹬爬掙扎的痕跡，可見嚥氣前，他正挨受著劇烈的痛苦；女屍則歪躺在灶房打開的門扇上，額頂深嵌著一把磨得鋒利的菜刀，那一刀砍劈之猛，使她整個頭蓋骨碎裂，頭顱分成兩半，鮮血直濺到門楣上，門扇上半部，全是密密的血雨，她的髮髻連在一塊破碎的頭皮上，在肩膀上歪掛著，變成一團醬紫色的凝固的血餅，那種多血質的婦人死得那樣誇張，全身都在血泊裏浸著，彷彿連死也死得嘔氣，——要用她自己的血來洗澡。

官裏來人查驗過，斷定陳善宏是被人在食物裏下毒毒斃的，毒發時那一刹，他持刀砍殺那下毒的婦人。唯一目擊的人就是貴財，那當時才十歲的孩子是從血泊裏爬出來的。從那時起，他因驚恐過度，整整呆了一年多，清醒後，便有了顏面神經不隨意抽搐的毛病，人也有了連太陽也照不亮的一股陰鬱，一直到他長大。

集鎮上，沒有誰再當著貴財的面，追詰過那宗淒慘可怖的事故究竟是怎樣發生的?!事實像這種事故，誰也無法問得出口來，……陳善宏那肥碩的妻子配上一個終年喘咳的癆病鬼，溫吞火燒不熱她的青春，常常有些關不住的豔聞透漏出來，一般背地裏的猜測是：貴財她媽受了姦夫的慫恿，下毒謀害本夫在前，布莊老闆發覺有異，入灶取刀怒責淫婦，話不投機，猛力追殺，劈碎婦人顱骨後，毒發身亡！

也有人不以爲這種猜測是對的，覺得那不過是官裏草草結案的一種藉口，鎮集並不大，一共也不過三五百戶人家，誰是那肥碩婦人的面首來?誰也指不出究竟是誰來。他們把這事歸結爲當初兩姓結親時合錯了婚，或是正巧這夫妻倆是前世的怨孽，命定今生要冤冤互報，使兩造同時了怨歸陰。

又有人以爲是當時夫婦新婚時，有人鬧促狹，在洞房裏施了惡魘，多年來，夫妻在魘境中過活，終至互相交惡，鬧出這宗慘絕的命案。

按照鄉野上的傳說，新婚時，有人鬧促狹施魘，多半是施笑魘，好像某家娶兒媳，娶來幾個月，老夫妻倆發覺小兩口兒都變得面黃肌瘦，無精打采，當面又不好追問，總以爲兒子年輕，貪戀燕爾新婚，縱慾無度，才把身子弄得這樣黃瘦！……半夜裏跑去聽壁根兒，但見小倆兒房裏燈火一直亮著。隔著窗子一聽，可不得了！也不知他們在玩什麼把戲，那張八步頂子床，被他們搖得像山崩地塌似的震天價響，兒子哺哺的大口喘氣，媳婦咯咯的嬌笑不歇。……老夫妻倆暗裏納罕著，都以爲是媳婦不知好歹，縱使兒子放蕩。

二天，老婆子把媳婦叫在一邊，刺刺聒聒的數落一頓，媳婦只是笑，傻裏傻氣的不吭聲；問既問不出情由來，老夫妻倆便計議著，非舐破窗紙偷窺不可。這一看可就傻了眼了，哪是他們猜想的那樣恣情縱慾來？原來小夫妻倆壓根兒不睡覺了，在床上玩著你揹我、我馱你的把戲，輪到兒子馱媳婦，兒子像馬似的搖頭晃腦，床頭跑到床尾，床上跑到床下，媳婦用一支鵝毛帚作馬鞭，不斷打著兒子的屁股，咯咯的笑個沒完。

老婆子心裏頓然明白，看光景是有人在洞房裏施了笑魘了，於是，趁白天來時打掃床榻，赫然在床肚底下找出很多串魘物——那是一粒大麥粒兒，和一粒小麥粒兒，用紅絲線串連在一起，彷彿是揹著馱著的樣子，幾百串那樣的魘物，就會使新夫婦中魘幾百天。……

施笑魘的傳聞很多很多，但則施惡魘的例子卻很鮮見，通常若沒有深仇大恨，旁人不會生這種歹主意，用蠱惑之法謀算陳宏記的老闆的；陳善宏以布販爲業起的家，平素身體孱弱，待人平和，從沒聽說跟誰有什麼樣生死的怨恨嫌隙，因此，這類的猜疑也只是猜疑罷了！

那慘案鮮明濃烈的淒怖顏彩，雖說隨著遠去的歲月變得黯淡了，而關於這座兇宅的傳說，始終輾轉流佈著，殘留的懼怖仍然大模大樣的蹲在人心裏。

這使得布商貴財的婚禮，始終在一種曖昧的陰影中進行著，每個來赴喜宴的賓客以及等著鬧房的小夥子，彼此都會用眼神傳遞著什麼，只差明白的道出來罷了！……會不會再有什麼怪異的事故，在這座宅子裏發生呢？好些人都這樣的擔心著。

而昏天黑地的鼓樂那樣的喧鬧起來，使那條粗大的嗓門兒更加費勁才能吼出繁文褥節的禮儀……拜完天公，拜地母，再拜列祖列宗，三姑六婆，親戚長輩，都得依次坐到堂中的那兩把太師椅上去，安受新夫婦的跪拜大禮。這一連串的磕頭動作，使得做新郎的貴財喘咳不休，幸虧有人及時送了塊冰糖給他含著，才勉強把咳嗽鎮住。

「能省就省些事罷，」陳宏記布莊隔壁的賭鬼王三瞧在眼裏，湊過去跟大喉嚨關照說：「咱們的新郎官身子太單薄，吃不住消磨，早點兒送他們入洞房罷。」

「不要緊，人生百歲，也不過就這麼一回，」大喉嚨說：「今夜有喜神護體，絕不會空房的。你要信不過，等歇鬧完洞房，你等在窗戶外頭聽著，點下芝麻就是芝麻，點下綠豆就是綠豆，今兒播種，明年就抱娃娃，貴財再不濟事，也用不著你賭鬼王二代耕！」

「嘿嘿嘿，」王二縮著脖子，斜睨了新娘一眼，噓著口涎說：「我要有這份豔福就好了！新娘的臉皮兒嫩得能掐出水來，一隻甜瓜，讓貴財吃了獨食。吃獨食不要緊，可惜他是『眼大肚皮小，光看吃不了』的！我敢打賭，他日後會有麻煩。還不如像我這樣打光棍呢！」

「也只有你窮得討不起老婆，」大喉嚨說：「瞧著旁人娶親眼紅，張嘴就是一股醋腥味。」他壓低嗓子，湊著賭鬼王二的耳門說：「其實也用不著，回去找你老嫂子去罷，——她荒著也是荒著，何必要在嘴頭上白佔貴財的便宜？」他說著，朝站立堂客群裏的大寡婦呶呶嘴。

賭鬼王二紅著臉，聳起肩膀啐了對方一口，有些惱羞成怒可又沒怒得出來的意味，快快的走開了，大喉嚨望著王二的背影，禁不住的漾起笑意來。

王二是鎮上出名的丑角型的人物，靠著一把板斧一根扁擔，上山打柴吃飯，採樵所得，多半送在賭檯上，鎮上的人全都把他叫做賭鬼，其實這樣的諢號，簡直把王二委屈了，他不單嗜賭，沒事還喜歡喝老酒，又愛翻弄舌頭，說些油腔滑調的話，佔年輕婦道的便宜，所以他該是賭鬼，酒鬼，外加促狹鬼。

王二他哥哥王大，也是個樵夫，一年冬天上山採樵，跌進雪窟窿去失了蹤，連屍骸都沒找回來，遺下一個沒兒沒女的寡婦，既不改嫁，又不回娘家，跟小叔住在一起。不久鎮上就傳出些閒言閒語，甚至王二的那些賭友當面拿他開玩笑，王二也支支吾吾的打著馬虎眼兒，從沒板起臉否認過。打那之後，賭鬼王二要是再想佔人的便宜，旁人就會祭起這宗法寶把他頂了回去，大喉嚨心裏明白，賭鬼王二這小子，敢情是作賊心虛，要不然，怎會讓人隨口糟蹋他那「三貞九烈」的寡嫂？

時間彷彿被那些不相干的繁文褥節消磨盡了，新郎和新娘照例要一次再次的到開在前屋的流水席上去敬酒，酒席收拾了，要併坐在床前等著人來鬧洞房，說喜話，吵著散喜糕喜果兒；這還是善鬧的鬧法，遇上惡鬧的，喜話說得絕，要求新郎新娘做得更絕，假如不照章行事，紅紙捻兒裏加上胡椒辣椒粉，燒得新郎流眼淚，新娘猛打噴嚏，還申言要一夜鬧到天光。

被大喉嚨奚落過的賭鬼王二，坐席時灌了一壺酒，興頭被酒灌足了，又憋回來領著一幫年輕小夥子，大鬧起洞房來。

「我說王二，你趕快說了喜話，爬回你老嫂子那兒吃奶去罷！」戴黑帽的大喉嚨陰魂不散似的跟著他，說話時，瓜皮帽頂上的那粒紅球直滾，滾來滾去，還停在那個老地方：「剛剛叮囑不要消磨新郎的，也是你，如今領著人橫鬧的，也是你。」

「噯，話要說得明白點兒，」王二說：「剛剛我說不要消磨新郎，如今我可沒消磨他，我鬧的是新娘！新郎要是睏乏，他就鑽進床肚去睡去，其實他那副瘦骨架兒，馬桶裏也塞得下，用不著你替他猴急，鬧到大五更天還要黑一黑呢，新娘撒泡溺替他洗臉醒迷，照樣攙手登床！誤不了他的芝麻綠豆。」

「我說，三行頭兒（鄉俗，抬轎的，廚子，吹鼓手，謂之小三行，三行頭兒是一種包辦紅白喜氣的專業。），鬧房的事兒你管不著，把你那大喉嚨管兒收拾起來，蹲到旁邊歇歇去罷！」

另一個小夥子幫腔說：「三天無大小，我們難道不能熱鬧熱鬧？」

「諸位送房老爺別見怪，」大喉嚨作揖說：「我只是跟賭鬼王二開心逗趣來的，你們鬧房，我落得分糖，同沾些喜氣，哪會敢掃諸位的興頭？」

蛆蟲力大，拗不過一窩螞蟻，那夥興高采烈的年輕漢子把三行頭兒的氣焰壓下去，就鬨鬨的大鬧起洞房來。燃著了的紅紙捻兒迸射出喜洋洋的亮光，在新娘的眼前晃動著，喜話也是粗俗不文，沾葷帶黃的那一些，使擠在新房裏的姑娘都羞紅了臉。

「王二，你說個什麼？」

賭鬼王二手捏一支紅紙捻兒說：

「我手拿紅紙捻，

照照新人面，

新人面如桃花，

今夜就要破瓜！

大夥兒心癢難抓，

先把新娘小腳拖出來揸上一揸。」

說著，在一片鬨鬧聲裏，裝出揎拳抹袖的樣子，好像真要動手從紅裙中捉出新娘的腳來，量一量尺寸，嚇得伴娘急忙伸手阻攔說：

「王二爺！使不得，你要喜糕喜果兒，立即開箱取給你！鬧洞房請你鬧得斯文些兒。」

「咦，真是會說話，」賭鬼王二說：「我只是揸一揸她的腳，沒替新郎代勞，讓她雙腳朝天啦！你說是不是？貴財?!」

做新郎的貴財，一直像個木偶似的在床沿端坐著，兩眼直楞楞的越過晃動的人影，看著妝台前那兩支高燒的紅燭，眼前這一切嘈雜紛亂的景象，好像是一場夢魘，賭鬼王二跟他說些什麼，他壓根兒沒聽著。多年之前，那一聲又長又慘的銳嚎，又在他耳邊迴響著……

「貴財！貴財！……不好了！新郎暈過去了！」

新郎真的暈過去了，他的身體軟軟的從床沿滑到榻板上，禮帽落在新娘的腳邊，他的臉孔是透明透亮的黃蠟色，後腦枕在床沿上，額角和鼻凹間沁出一些凝成微粒的虛汗，鼻翅開闔著，氣息短促而微弱，他的顏面又興起一陣不隨意的痙攣，使五官歪扭成極端怪異的形狀，看上去格外的怕人。

好在洞房裏的人多，七手八腳的把他給扶了起來，有人在他臉上噴冷水，有人擰了冷手巾把他額頭給鎮著，有人撬開他的牙關，餵了他半碗固元氣的桂圓茶，堂客們爲這事嚷成一團，隔了好一陣兒，他才幽幽吐出一口大氣，朦朦朧朧的甦醒過來。

「有鬼，有……鬼。」他喘息有聲說。

賭鬼王二一聽著這話，渾身就有些發毛，大聲嚷嚷著，替自己壯膽說：

「好了，好了，新郎甦醒過來了，天也夠晚了，咱們早點兒掌起燈籠回去，讓小兩口歇罷，畢竟是春宵一刻，卯總得要應一應的。」

新郎這一聲低噫，把壓在人心底的恐怖又喚醒了，藉著賭鬼王二的話，那些人拎起照路的燈籠，轉眼之間就鬨鬨走散了。

夜暗撒下巨網，網著洞房窗口的那對紅燭，門上房門，偌大的洞房裏，只有貴財和月嬌這一對新人了。

大紅燭靜靜的燃燒著，房門還是由新娘閂上的。

貴財像一條離了水的魚，半躺在木床一端雕花的護架上，迷迷離離的望著新娘月嬌。也許是陳宏記布莊這種多年沒曾有過的喜氣把他弄迷糊了，適間那一切的喧嘩熱鬧都不像是真的，自從那年兩具黑漆棺材魚貫抬出門，他就沒想過有一年自己會娶親？

閂上房門之後，新娘月嬌遠遠的坐回粧台前的椅上，並沒即時卸粧，卻半轉過身子，用一把新剪刀仔細修剪著燭芯兒。燭光亮了一些，箱櫃上的銅環和銅角都閃耀出奪目的反光來，有一股彷彿是溫暖甜蜜的喜氣，在整個房間裏浮溢。她白嫩暈紅的嬌臉，在燭光描映中，由菱鏡裏投進他的眼，她的頭一直那麼微微的低著，彷彿禁不了沈甸甸的鳳冠久久墜壓的樣子。

貴財自己也弄不懂，爲什麼在這種大喜的日子裏，也推不開過去那種記憶？記憶是遙遠的，零星的，被浸在泛黑的日子裏，彷彿隨著歲月，也生起一塊塊灰綠色的黴斑，像牆角的苔跡一樣。

記憶裏的爹，是個勤苦的布販，那時還沒有一爿店，也沒有陳宏記這塊黑底金字的大招牌。從城裏販來布疋，打成一個牛腰粗的大包袱，沈沈甸甸的壓在他精瘦彎曲的脊梁上，兜囊裏放著剪刀、布尺和手鼓，就那樣行蹤無定的遊走四方，趕後來買了一匹毛驢來馱布，但他那被壓彎的脊骨已經再難挺直了。

那麼一個蝦米似的人，半輩子苦熬苦掙，掙到陳宏記布莊那塊金字招牌，有了店面，也招了跑腿站櫃的夥計，不必再起五更睡半夜的頂著風雨和日頭，親自到四鄉八鎮去賣布了，按理說，前路應該平坦無憂才對，誰知卻落得那樣悽慘的下場。

也就在這間屋子裏，油燈舌焰舐著的黑夜總是漫長的，爹和媽在這漫長的黑夜裏，常為許多瑣事，用惡毒的言語互相撕扯，把夜都撕扯成碎片！

「替我滾出去，我不稀罕你這沒用的……」

「妳是想背著我發浪不是？」

「你竟敢栽誣我？無憑無據的血口噴人！我偷誰來？養誰來？……」從那張肥厚的嘴裏裏吐出來的尖聲咆哮，一直鑽到人昏然欲睡的心裏去，以那樣理直氣壯的威勢，把爹給壓倒。

他在天沒亮的辰光起來收拾布疋，仍然是那隻沈甸甸的牛腰粗的包袱，仍然是那隻油污納膩的兜囊，裝著剪刀、布尺和手鼓，他一聲不響的就牽驢走了。

……家醜並沒外揚過，但女人是整腦瓜子，一旦變了心，九條牛也扯她不轉的，他在那種年歲，就隱約意識到了；同樣是那條振振有詞、理直氣壯的嗓子，常在他似睡非睡、欲醒未醒的時辰，和什麼人在竊竊私語著，屋裏總不燃燈，濃稠稠的黑暗膠似的黏在人的眼皮上，而心裏明白，總歸那不是爹——可憐的、蝦米似的布販。

一夜，月光透過細細的帳紗的網格，落在枕角，他醒轉來，無意碰觸到一條粗壯多毛的男人的小腿，使他驚駭得連大氣都不敢喘，渾身蜷縮成一團，從另一端傳來的沈鼾，像一條條鎖鍊似的，把人捆縛著……

「冤孽！」後來爹獨自喃喃過：「青竹蛇兒口，黃蜂尾上針，兩般猶自可，最毒婦人心，有一天，她會葬送了我的。」

過不多久，他的話就應驗了，誰也不會料到，那樣瘦弱的男人，竟會有那樣的猛力，用磨得鋒利的菜刀，一刀劈斷了她振振有詞的嘈嚷和理直氣壯的喧呶。

她挨刀時發出的哀叫聲穿透十多年的光陰，常在人耳邊迴響著，這就是自己唯一認識的女人……肥胖的母親的下場。那之後，日子更像一場渾噩的夢了，陳宏記布莊很快的衰敗下去，夥計們離的離、散的散，只落下一個賬房師傅，把門面勉強撐持著。

能說不答允這門親事嗎？沒有梁師傅這多年的辛苦，陳宏記布莊這塊招牌，只怕早就朽了，爛了！前年梁師傅扶著枴杖辭離了店舖，多年賬目交代得清清楚楚，臨走提起他女兒許婚的事來，自己根本沒有猶疑的餘地，雖說自己無因無由的懷疑著世上所有的女人。

拿隔鄰的大寡婦來說罷，當初跟樵夫王大那樣山盟海誓，王大失蹤不久，她就跟小叔過起不明不白的日子來了，流言並非全是無風起浪，隔著後園子那道圍牆，他聽過那些汙穢的嘻笑的言語。

「貴財，甭問女人是不是三貞九烈，單問你有沒有那副本錢?!」這話是賭鬼王二親口對自己說的，不能說是沒有點兒道理。正因爲過去的一塊霉斑生在心坎兒裏，對於女人，也就有了很複雜的看法：有幾分憚忌，又有幾分懷疑，偏又難以抗拒她們的魔性的吸引。——尤其是像月嬌這樣白嫩香甜的女人。

「能娶著梁師傅的閨女，算你前生修來的福，貴財！」大寡婦不止一回跟他誇說過，說月嬌和月豔姊妹倆堪稱絕色的好容貌，說她們的針線是怎樣精巧，又怎樣的善理家計，慣於烹調……「光是嘴說不算數的，」她說：「等日後娶她回來，你就知道了！」

如今總算把月嬌娶回來了，賭鬼王二那句彷彿不甚經心的話，突然使人感覺到有些存心嘲弄的意味，——單問你有沒有那副本錢？

貴財心裏明白，身外的本錢雖不多，至少還勉強能養得起月嬌這樣的妻子。陳宏記布莊打梁師傅離店起就歇業了，存留下來的布疋，足夠負販的。宅子荒落些，但還能遮風擋雨，使人覺得氣餒的，卻是自己這個身體，竟然孱弱到跟爹一個樣子，也許連他都不如。動一動就喘咳齊來，有時黃痰裏還帶著使人心驚的血絲兒，憑這點單薄的本錢，經不經得住幾番播弄？那可就不敢說了！

紅燭越燒越短，新娘月嬌又剪過一次燭芯兒，雞在遠遠近近的黑地裏啼叫著，粗亢的「大葵花」和啞啞的「八寶」（與雞啼聲諧音），牠們也彷彿在賭著什麼？……

應該是入睡的時辰了，貴財覺得很疲乏，渾身骨節都扯得鬆散了，輕輕的暈眩，總在人眼裏攪起一些小波小浪，把整個洞房浮托著，搖晃著。新娘一直坐在粧台前面，低低的垂著頭，燭光染映著她嬌羞的臉頰，分外的暈紅。貴財明明知道，按照習俗，大喜日子的初夜，是不興空房的，但他心裏很紛亂，一時不知道要跟她說些什麼才好?!

他喀咳一陣，把一口黃痰吐在痰盂裏，她略爲動一動身子，隔著鳳冠前疏疏的瓔珞，迅速的朝他瞟了一眼，臉上更漾起紅暈，怯怯的說：

「累了一整天，你很倦了。」

「只是不慣吵鬧。」他說：「這陣子好些了。」

「剛剛你發暈，把人嚇壞了。」她用手輕抹著胸口說，兩眼卻仍盯視在燭焰上，彷彿她是在跟燭火說話。

貴財望著她，一股微弱的火焰自他兩脅間搧動了，有些亢奮，也有些虛浮，但他不願意在她面前露出他的虛弱來，略略閉了閉眼說：

「妳也該卸粧歇息了。」

他透明浮腫的臉上，居然漾出一縷笑意。

新娘月嬌輕輕吐了一口氣，像卸下什麼重負似的，緩緩的卸下她頭上那頂鳳冠，細心整理好了，再放回箱頂的金漆匣子裏去。也不知怎麼地，她轉身時，袖子擦著了右邊那支紅燭的燭燄，把那支燃著的燭火掃熄了！

「啊！」新郎貴財驚叫一聲說：「燭熄了！」

傳說像古老的鎖鍊一樣，常把鄉野人心拴繫著，貴財不能不相信那些，因爲一般認定新婚喜日裏燃著的紅燭，是象徵著新夫婦一生命運的，兩支紅燭，左首爲男，右首爲女，最好是同時燃盡，象徵著夫婦倆長命百歲，白頭偕老，如果長短有參差，誰的燭先燃盡，就表示誰會死在對方前頭，而掃熄其中一支，則是最犯忌諱的。

貴財這樣驚叫時，新娘月嬌最先也嚇白了臉，不過，當她看清掃熄的那支蠟燭是右首的一支，便笑了一笑，重新把它點上說：

「不要緊，幸虧熄掉的是我的這一支燭，萬一日後我有什麼三長兩短，你還好再娶的。」

貴財搖搖頭，臉上的肌肉突然抽動一陣，又變得陰鬱起來。月嬌在一邊悉悉索索的脫著她的繡服，露出一身粉紅色軟緞衣裳來，柔軟的衣裳襯映出她渾身嬌柔的肢節，別有一種迷人的風韻。

貴財摘去他頭上的禮帽，動手解著長袍的扣子，他脫去長袍的當口，月嬌已經摺妥繡服，走上踏板，一聲不響的理著紅綾和湖水綠的被子，她那柔軟香甜的情態，使他像融在溫水裏的糖，逐漸逐漸的化解了，沈澱在她溫柔的笑容裏。

「不要這樣說。」他說：「大喜的日子，說話要圖個吉利。」

她坐在床沿上，他說話時，一把捉住了她的手，她本能的退縮著，但他把她抓得更緊些。雖說陰鬱的雲翳仍在圍繞著他，今晚他卻沒有什麼憚忌；花花大轎抬進門來，拜過天，拜過地，如今她已是陳家的人了，他是摸熟了各種布疋的人，覺得世上沒有哪一種綾羅綢緞比她的皮膚更爲光滑細嫩，一刹間，憐愛和肉慾難分難解的混合起來，把他滿心蒸烤得熱騰騰的。

「不要……這樣，」她喘息著，低聲的說：「做夫妻，朝後日子長著呢！」

「妳抖開兩個被筒，打算各睡各的，這哪兒算得做夫妻?!」他說：「無論如何，今夜不能空過的。」

「不要聽信那些，貴財，」她紅著臉說：「你剛剛暈倒過的，身子要緊。」

鴛鴦在枕間的綠波上成雙成對的浮游著，一縷從她髮茨間散出的幽香使他更加亢奮沈迷，他明知月嬌說的是實在話，卻不能聽從她的勸告，他攬著她的腰肢，伸手撩下束在帳鉤間的紗帳，迅速的使她上半身在鴛鴦枕面間陷落，搖曳的帳紗是一片輕輕軟軟的祥雲，枕面的鴛鴦在天河裏浮游著，她散開的黑髮是河上的水藻，搖出一道道小小的波浪，蓋住了他所羨慕的枕上的鴛鴦。

紅燭仍在粧臺上燃燒著，燭光透過千萬帳紗細小的網格，變成無數多暈多彩的光刺，星星點點的光刺混合著帳紗的黑影，黯而朦朧。他像做夢似的擁著一團幽香流溢的溫熱，吻著她的鬢，她的眉，她的眼，她的耳根和臉頰，最後，他咻喘著，好不容易的找到了她擺動著的紅唇，儘管她嗯嗯的把牙齒咬得很緊，他還是淺淺的品嚐到那一股由她口中發散的清香，有些像新熬成的麥芽糖似的氣味——那該是用她糯米般的牙齒釀造成的美酒。

「月嬌……月嬌……」他朦朦朧朧的叫喚著。

黑裏的雞啼聲，像千里萬里外傳來似的，那麼微弱而又遙遠。月嬌並不再認真的推拒什麼，做新郎的貴財便動手剝除她那一身的粉紅，正當他像蛇一般的絞纏著她時，忽然他臉上又昇起一陣不隨意的痙攣，遜如泉湧一陣子，使他失去了初夜應該具有的本錢！……一剎間，那股濃厚的陰鬱，又像撲火的蛾蟲般鎖聚在他皺起的眉頭上。

當然，做新娘的一點也不知道。

貴財翻了一個身，掀開湖水綠的被筒，鑽進去，呆呆的倚枕坐著，新娘月嬌理理她的散髮，鑽進另一個被筒，也困惑的倚枕陪伴著他。

「怎麼了？」她說。

「沒什麼，」他說：「只是一陣睏頓上來，想睡了！……我該聽妳的話的。」

「那就靜靜的睡罷。」她溫柔的說。

兩人各自擁著被，平平靜靜躺臥下來，鴛是鴛，鴦是鴦的凝視著帳頂，都很困倦，但卻都沒有睡意。

新郎貴財心裏有些說不出的憒懣，憒懣自己的無能！夫妻在一起，不是三天兩日的事，這以後，日子還長著呢！萬一被新娘覺察出來，難保她不？……總之，在自怨自責中，更有一份不吉的預感，無形迫壓著他。

「這宅子當年生過的事故，妳想必聽講過？」也不知怎麼的，他無端提起這話來，又彷彿跟方才她拂熄喜燭有些神秘的關連。

她點點頭。其實，遠遠近近的人，沒有誰不知道多年前發生的那宗可怖的慘案，用不著他再說明白什麼的。

「我的命運不好。」貴財說：「那事情，正出在陳宏記布莊興旺的當口，那事鬧出來，夥計都離散了，要不是虧妳爹撐持，連今天這點兒破落的家業只怕也保不住，妳來這兒，命定要跟我受苦，我真弄不懂，妳爹爲什麼要把妳許給我？」

「也許是我們有緣份。」月嬌說：「我會幫你理這個家的。」

「這宅子，如今荒落得很，」貴財說：「我要是出門去賣布，只落下妳一個人了，到時候，妳不會駭怕罷？」

「不要講這些，」她微微鎖鎖眉尖說：「事情去得老遠了，幹嘛老記在心裏？」是的，幹嘛老記著這些呢？大灘的鮮血比紅燭光更紅，做父母的轇轕，直到如今貴財仍弄不清楚，那當時的情境，卻像油彩濃烈的畫幅黏在心上，時間是水，非但澆不褪它，反而越洗越鮮明了。一個本錢不足的男人，偏又擺不脫對女人發狂的迷戀，那就是結果，貴財心裏有塊地方隱隱的痛著。

新娘月嬌約莫已經睡熟了，她側著臉，發出均勻的呼吸，而做新郎的貴財，卻大睜兩眼一直到紅燭燒完，曙色入窗，初夜就這樣的過去了；由於那種說不出口的毛病，新娘仍然是黃花一朵。

不過婚後的日子倒過得滿平靜的，新娘月嬌是那麼美豔，走前到後，使人覺得有了她在，即使灰黯的老宅子也有了光鮮。貴財呢，暫時沒出門去賣布，鎮上的茶樓和賭場再也見不著他的影子了，成天留在宅子裏，陪伴著月嬌。

「真是低頭看飯碗，抬頭看老婆那種男人。」賭鬼王二就當眾笑話過他這位新婚的鄰居：「可惜本錢不足，再熬下去，就落一層皮包的骨頭了！」

「算啦，王二，」有人說；「大哥不說二哥，你掄不動砍柴斧頭的日子就在後邊了，用得著你替貴財操那份閒心嗎？」

貴財倒沒理會外間的那些閒散言語。三行頭告訴過他的秘訣他始終記著，鎮梢中醫湯一劑那兒有的是藥物，靠了那種秘製的丹丸，他一樣做了名符其實的新郎，證明新娘月嬌確是使他放心的閨女。

天氣逐漸的轉暖了，小夫妻倆忙著整理荒落已久的宅子，月嬌出主意，找工匠到宅裏來，拆除了那座曾經發生過慘案的灶房，使後院子顯得明亮寬敞些，又買了一株葡萄來，要貴財把它種植在臥房後面。

「今年種下去，調理得好，明年就能上架了！」

月嬌沁汗的白臉，被暖暖的太陽曬得紅噴噴的，有一種嬌媚的艷光，幾乎能從她頰上流滴下來。貴財站在木凳上，用灶房拆下的廢料搭著葡萄架，架影像一張撒開的網，把兩人網在新婚甜蜜的空氣裏，貴財透明浮腫的臉上，竟也露出一絲笑意來。

「快替我生個兒子，——好趕著吃葡萄！」他說。

說是這樣說，葡萄還不知哪一天能結子，月嬌肚子裏一時也還不見消息，只是在搭妥的葡萄架下，多了一口加青釉的荷花缸，貴財在拆掉的灶房裏抬出這口高與人齊的缸來，派不上旁的用場，月嬌便出主意，要他去溪底扒些浮泥，插進一截蓮藕，他又種荷，又兼養些鯉魚和鯽魚，這樣，原本荒落的後院子，經過小兩口這兒除除草，那兒栽栽花，一春之後，居然就花團錦簇的像座花園了。

「光是收拾這些，也不成，」貴財說：「我總在想，哪天能把陳宏記布莊復業就好了。」

想把布莊復業，難處很多，貴財手邊沒積蓄，批不來那許多布疋，前屋的店面也破落不堪，必得要花錢修補，人手方面，如今雖還能過來幫忙的老岳翁——早先舖裏的梁師傅，年紀已經老了；貴財把這些難處跟月嬌說，月嬌就勸他慢慢來。

「還是先販幾年布罷，」她說：「興家不是三天兩日的事。搖鼓下鄉去賣布，越是遠走偏荒地方，交易越好做，利也看得高些，好在我們人口少，用度不多，邊苦邊積，等有了錢，再談開布莊，要不然，想也是空想。」

一聽新娘要他出門去賣布，貴財就有些爲難起來。明白點兒說，他不願意像他爹那樣：讓牛腰粗的布疋包裹壓成蝦米脊梁，白白苦上半輩子，最後卻喝了一碗毒汁，弄得家破人亡！……本錢不足的男人，就不能不提防這個，童年期留下來的慘怖印象，使他變成一隻驚鳥，從來沒能扔棄掉這種疑妒。假如先把布莊復了業，即使小模小樣的開張，零零星星的交易呢，人總也守在店裏，不會拋別月嬌，獨個兒去四鄉流轉，忍受那種風霜了。

明知是空想，可也不能不想。

正因不便把真正的心意說出口，便繞著彎兒磨蹭著，不肯早早的出門。

「上回我就問過妳，我要真出門去賣布，留妳一個人在宅子裏，妳當真不駭怕？」

「不要緊，我會找人來做伴的。」

聽月嬌這麼一說，貴財暗暗的捏了一把汗。

「找誰？」

「你說該找誰？」月嬌笑說：「還不是我媽和我妹妹，兩人隨便來一個，就成了！」

貴財這才把鬱住的一口氣吐了出來，抹抹胸口，咳嗆著說：

「嚇了我一跳，我還以爲妳會去找隔鄰的大寡婦來做伴呢?!那種聲名敗壞的人，我不願見妳跟她往來，樵夫王大失蹤不久，她就暗跟賭鬼小叔夥在一道兒去了，背地裏，鎮上無人不在議論她。」

「虧你想得出?!」月嬌說：「沒親沒故的，我恁情一個人守著宅子，也不會去找她做伴。」

「一個人也不成，會悶得慌的。」

「我靜慣了，真的，貴財，」月嬌說：「你若朝後常常賣布出門去，我打算找些針線活兒來做做，一來打發閒日子，二來也好積賺些錢來貼補家計。」

「好罷。」貴財說：「依妳就是了。」

天到仲春時節，月嬌真的接了些針線活兒來做著，而貴財出門賣布的事還是一再的拖延著。春頭栽種的葡萄，順著木架朝高爬，探出些細細柔柔的觸鬚和錢大的綠葉，暖暖的陽光曬得人一身的慵懶。中醫湯一劑調配的那種藥物，固然使得貴財有了用武之地，但卻把個原就虛弱的身子淘弄得更加飄飄盪盪的了。

東也一口黃痰，西也一口黃痰的亂吐，人像誤吞了鹽的蛤蟆，一陣咯上來，咯得兩眼出水，越是這樣虛浮，越覺得要來個十全大補，湯一劑的那種狗鞭鹿茸之類配成的藥物不補還好，越補越加亢旱，使貴財頭輕腳重，恨不得把骨髓也押出去賭上一場，——並非如他嘴上所說，單單要一個趕著來吃葡萄的兒子。

「你要真有這種精神，就該早些出門去賣布的。」月嬌在枕上舊話重提說：「這樣坐吃山空，長此下去，委實不是辦法呀！不發狠心苦上一段日子，陳宏記那塊金字匾，哪天才能掛得起來？」

「好了，月嬌，」貴財說：「也甭這樣催促，等出了三月門，我自會收拾著，下鄉去賣布的。」

月嬌只好耐心的等著，偏巧剛出三月就接上了綿綿的黃梅雨，一落就不開天，好像天老也懂得貴財的心意，存心幫襯他好藉故留在宅子裏。

落梅雨的天氣，到處陰濕，出門賣布是走不成的，貴財不是結壯身子，萬一被雨淋出一場大病來，那反把事情弄拙了。月嬌既然不再開口催促，貴財就樂得在宅裏消閒；月嬌若是一盞燈，貴財就是撲火的蛾蟲，成天繞著她打轉，近乎變態的迷戀她，又無緣無故的妒恨她，彷彿他若不趁此機會恣意舞弄，她就將變成一枝出牆的紅杏，容路巷之人去欣賞攀摘了。

等到梅雨天過後，磨磨蹭蹭交五月了，月嬌看著天氣轉晴，又把舊話重提了一次。

「好了！」連貴財自己也覺得這樣磨蹭著不是辦法了，他再孱弱，總是個男子漢，就這麼縮頭縮腦的閒在家裏，由老婆積賺些針線錢養活，脫不掉吃軟飯的名聲：「這回我該出門賣布去了，端陽節一過，我就出門！」

「這回總是由你嘴裏道出個日期來了。」

端陽節前，小兩口一直計議著出門賣布的事，店鋪歇後，已經沒再養牲口，月嬌怕貴財揹不動那麼沈重的布捲，著他儘量選取花式新的布疋，少揹一些，又細針細線的替他縫妥一隻新的兜囊。

過節那天，她做了荷葉蒸，櫻桃肉，配了一壺雄黃酒，說是慶節，也算替丈夫送行。門上插著蒲劍和艾葉，月嬌的鬢角上插一枝紅石榴花，把人眼照得亮亮的，他喝了幾盅雄黃酒，午間一時睏頓起來，便牽起月嬌的手，拖她進房去。

「不成，」她推脫著說：「你初初出門，該實實落落的上路，風呀露呀的，你身子本就不結壯……」

「就算替我餞行的罷。」他涎皮賴臉的說。

總歸是他有道理，一番白晝的溫存幾乎使他忘掉明早出門的事了，他早時不是沒出過遠門，這一回感覺卻全不相同，無論如何，他放不下心來。

「對啦，我替你結了個彩絨的項繩兒，」月嬌說：「我這就替你掛上罷！」

她從枕下取出那串彩絨繩兒來，五彩絲絨理得齊齊的，分成五股兒，編成柔密的絨絛，一端打著六角形的花結，結下垂著一個吉祥如意囊和兩個小布人，她笑指著那兩個小小的布人兒說：

「這個是你，這個是我，牽著手在一道，朝後你出門，見她就像見我一樣，一賣完布便早早的回來。」

「但願如此。」他說：「我心裏，把妳疼愛得不得了，恨不得把妳化成一碗水，吞下肚去！」

「用得著嗎？」她的笑渦牽動頰邊的那顆美人痣，反嘲他說：「你放心，莫說你只是下鄉去賣布，多不過十朝半月，你就是千里迢迢，到了江南海北，一去三年五載呢，我還不是在家等著你?!」

「嘿嘿，」他笑吻著她那顆美人痣說：「我就是放不下這顆心。」

「奇怪，」月嬌說：「難道我會跟野男人跑了？」她也撒嬌逗趣的說：「貴財，假如我真的變了心，你打算怎麼辦？」

貴財的臉色忽然凝重下來，額間又起了那種怪異的不隨意的痙攣，過了半晌才吐話說：

「甭瞧我瘦弱，若真有那種風聲，我一樣會殺了他，妳也討不著便宜。」

月嬌是個機伶巧慧的人，半年來，早已把貴財的那種病態的脾氣摸清楚了。爹說的不錯，貴財是個憂鬱內向的人，那跟當年他父母不和有著極大的關係。他自幼身子病弱，在父母爭執的夾縫裏活著，沒被人真心的注意過，疼愛過，慘案發生時他在現場，目睹謀殺和報復性的砍伐，受了那麼嚴重的刺激，才會變成今天這樣，說晴就晴，說雨就雨。

見他這樣一冷下臉，她就不再開口了。她把神經質的貴財比成一頭驢子，順著他的毛抹，是不會抹出毛病來的，婚後半年，她雖不慣見他東吐西咯，但兩人還是相處得甜甜蜜蜜，沒有一片陰雲。

貴財真的在二天早上動身了。

月嬌細心的照應著他，查看他販布用的錢是否貼身裝妥了，盤算他路上零用夠不夠數，叮嚀他早起要看天色，甭忘了擋雨和遮陽的傘，囑咐他投店落宿要趁早，莫跟陌生的路人閒搭訕和多打交道……貴財有些心不在焉，逐一的嗯應著，也不知聽進去多少，她送他到鎮梢的石橋頭，一直等到一彎行樹遮去他的背影。她一點兒也不明白平靜的日子下面所起的那種暗暗的波瀾。

貴財怎樣呢？

離開那座黯沈沈的老磚屋，貴財就有些失神落魄，懸懸的放不下心來。真的，月嬌太美太豔，又太年輕了，一條放在盤子裏的鮮魚，沒人看守著，能擋得饞貓偷嘴？鎮上有些遊手好閒、輕佻浮滑的傢夥，只怕比野貓更饞，隔鄰的賭鬼王二就不是一個正經人物，酒色財氣樣樣佔全了的，萬一把算盤珠兒撥到月嬌頭上，那可就不堪設想了！月光裏那隻長滿汗毛的小腿……那童年起就留下的記憶，使他永遠有著驚疑和憤恨，對誰都不能信任，當然，對月嬌一樣是難以信任的。

他去城裏販布疋，他揹著包袱，搖著貨郎鼓下鄉，他無論走到哪兒，白日夢總是纏繞著他；有時他彷彿夢見一群強壯粗野的男人，相爭虎撲著頭插鮮紅榴花的月嬌，把她撕扯得赤條條的，咬嚙著她一身的白肉，使她遍身流血，發出尖銳的哀呼！有時夢見賭鬼王二跟月嬌相擁著，躺臥在自家的床榻上，她竟把平素對他的那種嬌媚，全都給了那可惡的賭鬼，最初還想到那是夢，到後來，總疑心那會是真的。

藍布是夜晚，紅布是鮮血，綠布就是現成的綠頭巾。白日夢是一種推也推不開的魔魘，把他緊緊的壓著，每天夜晚投店時，都通宵失眠，整夜悠悠忽忽的胡思亂想，使他在昏沈中迸出鬱勃勃的疑念來。真是，沒老婆的當口想老婆，有了老婆又害得人爲她發狂，貴財自覺再這樣下去，比挨刀還要難受，因此，布疋還沒有賣完，他就趕回宅子裏來了。

在鄉野的傳說裏，說是老婆背夫偷漢子，叫本夫捉姦捉雙捉著了，壓根兒沒有經官告狀那回事，一刀切下兩個人頭，自家挑進衙門就算了了案；有的人會召集親族鄉黨，把姦夫淫婦用木釘釘在門板上，扯上白布旛，寫明通姦事實，扔進澗溪，讓他們隨水漂流；還有一種丈夫，不願驚動鄰里，賞給淫婦三宗物事——一把刀，一條繩，一碗毒藥，三宗任由她選取一宗，了斷她自己。貴財記得這些，也常在白日夢裏夢見這種快意的情境。

假如月嬌有個什麼，我不會便宜她的！

望見自家黑漆大門時，他還這樣胡亂的想著。他伸手敲擊門上生銅綠的門環時，手指都是抖索的。

「月嬌！月嬌！」

他有些氣急敗壞的大聲叫嚷著，三聲沒叫得應，在他天旋地轉的感覺中，連頭頂上的太陽都變黑了！按理說，月嬌就是有什麼，也不該有這麼大的膽子，趁自己出門的當口，大白天把野漢子窩在宅院裏，自己也是太笨拙，當初爲何不悄悄的走後門？後門外緊靠著野溪，一堵牆缺了個大角，毫不費力就能跳進院子去的，像這樣在前面咚咚的擂門，即使有一百個野漢子也全會遁走了。

「月嬌，月嬌！」

他再次喊叫著敲門時，遠遠的傳回來一聲長長軟軟的噯應，那聲音又香又甜，飽含著無限的喜悅，把他一切的幻覺全攆走了。

黑漆大門打開來，一張熟悉的俏臉子笑著迎向貴財，忙不迭的替他接過傘套和兜囊，他轉身掩起門來，正想動手扳過她的臉來，嗅一嗅，吻一吻，一聲姐夫把他叫得楞往了，他這才明白跑來開門的不是月嬌，是小姨月豔，倆姐妹長得不但一模一樣，連頰上的美人痣，全生在相同的部位，他從來沒把倆姐妹分清楚過，除了顏色不同的衣裳，使他勉強分出誰是誰。

「妳怎麼來的？月豔，我錯當是妳姐呢！」

「端午節，媽爲你們包了些糯米粽子，當天沒來得及送，二天叫我送來，你偏偏沒口福，出門去了！」月豔說：「我姐說家裏沒人，要我回去再來跟她做伴兒，你要是再過幾天不回來，她也不會放我走的。」

「妳姐呢？」

兩人走過二道院子，貴財問說。

月豔用靈活的黑眼瞟著他，笑說：

「幹嘛這麼急著找她？她在後院曬被套，多好的太陽啊！」

貴財抬起頭，一院子的太陽像流溢著的蛋黃，天藍得能滴下汁兒來，連一絲雲翅全沒有，他離家七八天，這兒有小姨月豔伴著她，根本沒發生過什麼，一失去了懷疑，他便立刻懊恨自己，爲什麼要做那許多白日夢，把人折磨得發狂呢？

他剛走到後院裏，就看見月嬌笑著迎過來，她在太陽下曬久了，臉上塗了一層紅，蓬鬆的鬢角上，沾著些微汗，對著她的笑臉，貴財怔怔的停住腳步，心裏彷彿有很多很多話要說，一時又不知說些什麼，這兒從沒發生過他所幻想的那些事，那野貓或許就是他自己。

生活不但平靜，在表面上看來還異常甜蜜，他又該到鎮梢找湯一劑配藥了。沒有什麼事情發生。

一夏天過去，陳宏記布莊的後院裏，葡萄已經爬上了架，有了疏疏落落的蔭涼，湯一劑那種挖肉補瘡的補藥，把孱弱的貴財補得暈糊糊的，像把整個身子倒吊在半虛空裏晃盪，咯得比往常厲害，黃痰裏的血絲也比往常多了起來。

正因爲有死去的爹做例子，貴財極力掙扎著，不願把孱弱放在表面上，他照樣揹著包袱，按時出門去賣布，照樣單獨忍受著白日夢的折磨，從不跟任何人提起他心裏對月嬌暗藏著的疑惑，這種沒憑沒據的事情一旦傳開，豈不是自加一頂綠頭巾?!

九月裏，尖風揎著樹葉兒，貴財進城去販布疋，落宿在離鎮州五里的徐家茅店。白著臉的秋月貼在簷角上窺望著他，月嬌不在懷裏，越覺得窗外的霜寒風冷。貴財擁著單薄的被子，空空洞洞的睡不著，耳聽公雞在黑裏提醒他什麼似的叫著：

「貴——財——哥啊！」「貴財——哥——啊！」

那聲音是焦惶急促的，彷彿極欲告訴自己某一種時刻耽心會發生的事情，但只喊出貴財哥啊……下面的聲音就頓住了，像是被人捏住了頸子，不讓牠們再朝下多說些什麼。

不該輾轉床榻睡不著覺的，貴財幾乎有些惱恨自己；徐家茅店是以待客聞名的，真的是賓至如歸，夏天過路，無論是打尖落宿，抹澡洗臉全用冰涼的井水，每張竹榻全用井水擦抹過，別有一種無汗的清涼；隆冬臘月裏落店，水是熱的，酒是燙的，客堂裏通夜燃著旺旺的爐火，使人做夢也夢的是春天，……難道月嬌真的會背著自己，跟上野漢子麼？

無論如何，後院子那個牆缺口應該早就動工修補起來的，那邊正是大寡婦的宅子，賭鬼王二就用那座後院當做堆積柴火的地方，他跟他寡嫂淫聲穢語，風會刮送到月嬌耳朵裏去的，不妥當！越想越不妥當！……賭鬼王二那傢伙，從頭到腳沒有一根正經骨頭，把大寡婦拿來跟月嬌相比，那還能比嗎？月嬌是朵紅馥馥的鮮花，大寡婦只是一莖粗硬的茅草罷了！

「貴——財——哥啊！」「貴財哥——啊！」

這些在黑裏的雞啼，倒真有些蹊蹺了。

回家去罷，貴財，只要有憑有據的捉著一回就好，難道就這麼閉上兩眼，等著日後喝毒藥麼？女人十個有八個都像狐狸變的，皺皺眉一個心思，眨眨眼一個主意，總把男人哄得昏天黑地的打轉，等到清醒過來，綠帽子只怕已經戴霉了，世上既能生出潘金蓮，爲什麼就不能生出她梁月嬌？

不成不成，貴財你怎麼總鬧疑心病呢？一個男人，能一輩子寸步不離的看守著老婆，連生意買賣也不做了嗎？多次疑團打破後，錯不在她，全在你自己呀！若是剛出門就蹩回去，有什麼倒也罷了，萬一連風吹草動全沒有，不是打草驚蛇就該是庸人自擾，月嬌要是問起來，自己拿什麼話去回她？

算啦罷，凡事寧可信其有，不可信其無，年輕貌美的女人，哪就能定得下性兒，跟我貴財一竿子到底？老古人留下的話，總有他們的道理，假如不突然趕回去，永遠捉不著那個野漢子，他恐怕早已把自己出門在外的行程算好了！……總而言之，防人之心不可無就是啦！

那種醒著的夢境是一罈陳年苦醋，一直酸進人的心眼裏去，雞啼聲到後來變成哀哀的哭喊：貴財哥啊！貴財哥啊！好難捱的一更天又一更天。

二天一大早，貴財就匆匆起床朝回趕，三十幾里地不算遠，若照平常的腳程，半天的功夫就到了，不過，天氣可沒那麼湊巧，而且有些存心爲難貴財的樣子，他離開徐家茅店時，天色只是陰沈些，略有幾分雨意，他剛走出三、四里地，潑瓢般的大雨便從天上傾倒下來。

貴財撐開油紙傘，頂著大雨走了一段路，傘蓋只能護住上半身，腰以下全叫雨水潑濕了，釘在肉上的濕衣，化成一片穿肌透膚的冰寒。雨線那樣密法，白晶晶的封住路邊的草野和樹叢，只留下一條白糊糊的路影子，遍是水泊和泥濘。

他在泥水裏跋涉了一個時辰，風把好幾支傘骨全掃斷了，人也累得吁吁喘，不得已，找著一座靠在路邊的茅亭歇了下來。

「這種倒楣的天氣。」

他抱怨的說，望望頭頂上雨意正濃的黑雲。

人這玩意兒著實賤得很，一叫雨淋濕衣裳，半路上就歇不下來，走在雨裏不覺得，越是歇著身上越冷。光是有頂兒的茅亭不擋風，貴財歇不上一會兒，渾身便冷得直打哆嗦。……誰說過：「在家千日好，出外一時難」這句老話來著？貴財不由不想起家裏的高床暖鋪來，老古人說過，一夜夫妻百日恩，百夜恩情似海深，她月嬌要是記得這兩句話，就該想著丈夫出門販賣布疋的辛苦，要是再那個什麼，未免不講良心了。

雨沒停過，他走一陣歇一陣，好不容易挨到鎮梢，天也看著看著的轉黑了，算計時辰，總在下午光景，逗上這樣的雨天，昏昏溟溟的，總使人錯以爲已是夜臨日落的時分。經過這麼一整天的風雨和跋涉，貴財這才覺得渾身都像被拆散了似的酸痛，餓火在胸口燒著，有一種熱乎乎的刺疼。

貴財收拾起他的破油紙傘，倚靠在橋頭小街廊前的磚柱上，猶疑似的呆了一會兒，入暮的雨還在嘩嘩的咆哮，那種昏沈和陰黯，全都撲進他的眼瞳，染冷了他那張略顯浮腫的臉。……

就這樣狼狽的去撲打前門的門環麼？他既冒雨奔回來，就不會那樣傻了，這回必得走後院，打牆缺處悄悄的跳進宅去，來它個出其不意。想著想著的，星花游動的眼裏，又騰現出一幅幅幻景，那些幻景使他暗暗的挫牙。

那邊是湯一劑的藥舖，還隱隱透著燈光，想來很夠荒唐的，枕上的恩情全靠藥劑牽曳著，那能維繫多久呢？假如沒有湯一劑，那時又該怎樣？由此可見枕上的甜言蜜語，全是靠不住的了。

貴財喘息了一陣兒，決意先進酒舖去，喝幾盅燙酒暖暖身子，好生把濕衣擰一擰，生火烘乾，消停的吃它一餐飽飯，等到天黑定了再講。

馬家酒舖是他熟悉的地方，沒娶月嬌之前，他也常跟賭鬼王二那幫子潑皮貨，窩在賭檯上推牌九和擲骰子，呼么喝六的鬧個通宵。

他正想打簾子進酒館，一轉臉間，卻被一塊油黃的窗光吸引住了。雨勢還是那樣大，簷溜子嘩嘩朝下潑水，但仍掩不住窗裏的洗牌聲、吆喝聲和一陣陣的鬧笑聲，其中有一條嗓子，明明是賭鬼王二。

你說冤不冤，貴財！好好的去城裏販布不好嗎？偏要在半路上疑神疑鬼，頂著這麼大的雨跑回來捉雙，原來臆想自己跳進牆缺口，會從床肚底下把他揪出來的，誰知賭鬼究竟仍是賭鬼，既然窩在賭檯上，也就沒有什麼好捉的了。

帶著些懊惱，也帶著些使人安心的寬慰，貴財挑起簾子跨進酒舖去。馬家酒舖的小夥計看見貴財渾身上下濕成那種樣子，驚問說：

「哎喲，小爺，你是打哪兒來？像蹚河似的。」

「回程遇著雨了。」貴財說：「快燙壺酒來我暖暖心，渾身全叫凍麻啦。」

「那邊生著烘衣的炭火，」小夥計指著更裏面的客堂說：「一連來了兩批半路遭雨的客人，全凍得嘴唇發紫，抖抖索索像患了瘧疾。你包袱裏可有乾衣裳？有，就先換上再說，我這就去替您燙酒去。」

換了乾衣，再喝了兩杯燙酒，萎頓的貴財才添了幾分精神。裏間那張桌子，斜對著外間窗口的那張賭檯，賭錢的那幾個潑皮全是熟臉子，伸聚著腦袋，津津有味的抹著骨牌。自己進舖時，他們連頭也沒抬，一盞吊燈低垂在賭檯上方，他們彷彿要在那圈水似的圓光裏爭著撈取什麼。

貴財把著杯，兩眼瞪瞪的朝那邊望著，他看見賭鬼王二像蝦米般的拱著脊背，一隻光腳丫巴站在凳子上，上面一隻手在打著骰子，下面一隻手在搓著腳丫，嘴裏還不乾不淨的呼喝著：

「九在手，猴王對兒跟我走！十上頭，莊家人排配虎頭！」

「骰子有鬼，拖你後腿！」旁人就喊說：「只怕是麻十配四六，斃得你直是哭罷？」

「王二今晚楣星照頂，窮喳喝沒用，轉眼就乾了堆啦！……你們甭多打碼兒，當心喝水！」另一個用打趣的聲音說；「王二就還有一條破褲子啦。」

「放屁，」賭鬼王二說：「老子不會欠賬，老子這兒還有一支簪兒你們贏不去，喏，這不是？純金的簪兒，讓你們亮亮眼罷！」

說著，他真的取出那支金簪，放在檯面上。

「嘿，我說王二，你哪兒來的這種婦人的東西？……打你老嫂子頭上拔下來的？」

「她什麼全攤開給了你，何況一支簪子。」

那夥人擠眉弄眼的調笑著，裏間坐著的貴財看見那支黃澄澄的簪子，不由兩眼發直，面孔又抽搐起來。他認得出那支簪子，是他在城裏隆昌銀樓親自去打製的，實重三錢七分五，這支簪子一直插在月嬌的髮髻上，如今怎麼會弄到賭鬼王二的手上?!貴財喝了一盅悶酒，從喉管到肚腹，熱辣辣的像刀剖一樣。……月嬌若不取下簪子給他，賭鬼王二敢從她頭上硬搶?不用說，這段姦情是明擺的了！

幾次想咬著牙衝出去，當眾指破它，既然有證物，諒他也賴不掉；轉念再想，這也不甚妥當，俗說捉姦捉雙，簪子雖在賭鬼王二手裏，他會說是偷的，撿的，把事情過早的喧騰開去，終究不是辦法。

雨落了一整天，這陣子過後，雨勢好像稍稍收斂了一點。賭鬼王二亮出賭本，那夥閒漢賭得越發的起勁了。草草的用完飯，貴財悄悄的到櫃上去會了賬，一聲不響的離開那兒，撐著他的破雨傘趕回家宅去。

不一會兒之後，他伸手敲打起黑門上的銅環。

我見了她，不問那支簪子的事，倒看她先不先提？他默默的想著：她真要失落了那支簪子，她自會跟我提，假如是她出心倒貼給賭鬼王二，那?!那她就不會吭聲。

擂門擂了好半天，這才聽到遠遠的回應聲。

「誰——呀？」那是月嬌細細的嗓子。

「是我。」貴財大聲喊說。

「就來啦。」對方遲疑了一陣才聽出貴財的聲音，但還不敢深信的樣子，反問了一句說：「是貴財?天落這麼大的雨，你怎麼剛出去一天，又冒雨折回家來?」

貴財沒答話，劇烈的咳嗆著。月嬌掌著燈到前屋來開門，貴財一步跨進屋來，月嬌端著燈，上上下下的照著他，關切的說：

「不是進城販布的嗎？就算半路遇著雨，也不用傻乎乎的折轉來，路邊茅店住下，等雨歇開天再上路不好？偏要頂著雨朝回趕，瞧你叫淋成這樣子，身子單薄，再受了寒，怕不糟蹋出病來?!」

沒見著月嬌之前，貴財兜著一心的鬱火，一見著月嬌的面，連他自己也變得猶疑起來；一盞柔黯的燈，一圈圓光映出兩個人的影子，根本不像發生過什麼事端。月嬌的黑眼，坦直的凝視著他，聲音也是那樣的甜蜜，使他不敢相信她曾背著自己跟賭鬼王二那種無賴往來，這……這該怎麼說呢？

「我……我覺得身子有些不大舒坦，」他只好這樣結結巴巴的圓著謊：「萬一在城裏病下來，拖延時日，怕妳在家等得心焦，不如趕回來歇著，等病好了再出門，有妳在身邊，多份照應……」

「實在也爲難了你，逗上這種落大雨的天。」

「這套衣裳，還是我在馬家酒舖剛換上的，才走半條街，又都溼了。」貴財說：「路上穿的那套，在我包袱裏，真像打水裏撈起來一樣。」

「你吃罷飯了？」

「吃了。」他說：「儘管飽肚子，身上還一陣一陣的打寒戰呢。」

「定是遭涼了。」她說：「快到後屋，換下溼衣，鑽進被筒裏去摀著，我去燒薑茶你喝。」

有了月嬌這樣慣會服伺人的女人，貴財真的覺得自己有病了，賭鬼王二手裏捏著的那支金簪，黃澄澄的形象又在他眼裏跳動。

月嬌到灶屋裏去燒薑茶去了，他擁著被子躺靠在床頭，禁不住的興起許多怪異的想頭，甜言蜜語是一張陷人的大網，她會不會在薑湯裏下毒來毒殺我？很早很早就聽說過的那些奇案，食物禁忌之類的，諸如鯽魚犯荊芥，蜂蜜忌大蔥……電光石火般的掠過腦際，一陣激忿上來，他微微痙攣的手指死摳著枕角，一陣恐懼起來，整條脊骨都覺得發麻。

燈光透過床架透雕花格的架子，把一些黴斑似的黑影胡亂撒在紗帳上，這種莫名其妙的恐怖一旦侵襲著人，眼裏看什麼都有些陰氣、鬼氣，連燈光的顏色也都恍恍惚惚的有些不正的樣子。

對啦，等歇她端了薑茶來，我得藉故要她嚐嚐冷熱，假如毒是她親手下的，一棍打殺她，她也不敢先嚐，那時略一觀顏察色，心裏就有數了。……「先嚐嚐燙不燙！」她要不嚐，總得拿話逼逼她，然後撕開臉來，追問她那支簪子哪裏去了?!……

外間的燈火移動在牆上，隨著響起窸窣的腳步，她來了，貴財心口一陣收縮，緊張得幾乎暈厥過去，再定神，月嬌已經把一碗熱騰騰的薑汁放在妝臺面上，她拖了張圓凳坐下來，用小小湯匙攪動著它。毒藥！簡直是！他的手掌重重捺在他狂跳的胸脯上。

她臉上帶著往常那種寧靜的笑容，緩緩攪動著那碗薑汁，一面攪著，一面用湯匙舀了嚐嚐，貴財忽然嗒喪起來，所有的緊張和疑慮一下子消失了，反而空盪得很難受，至少至少這碗薑汁不是毒藥，他暗暗埋怨自己爲什麼會平白的想入非非?!儘管這樣，他內心疑惑的根蒂仍然拔脫不掉，他始終不能明白賭鬼王二手裏的那支簪子究竟是打哪兒來的？

這疑惑在第二天就被貴財參透了，雨停後，他在後院牆缺那兒，發現幾隻男人的腳印，那些腳印一定是賭鬼王二在雨後留下的，雨勢那樣猛，雨前的腳印不會仍那麼明顯的留在地上，那就是說：賭鬼王二在半夜雨停後翻牆進宅，到後院裏來過。由此可見自己的疑心沒有錯，只不過商量著對付自己的時機還沒有到罷了！

月嬌一直沒提那支簪子的事情，自然她心裏有數，決不會無意遺失的，正因爲她心是虛的，才會格外溫存，格外熱切的對待自己的罷？這種陰毒的女人！

苦想了幾天，貴財打定了他報復的主意。

十月初，他又動身進城去了。

血案又離奇的發生了。

這一回，血案不是發生在被一般人認定的陳宏記布莊的凶宅裏，而是落在布莊緊鄰、死去的樵夫王大的屋裏，王大的遺孀大寡婦，在她自己的臥房裏被人砍殺了。

大寡婦的屍體，半裸著橫躺在那張紅漆已經剝落的古舊木床上，她的髮髻被人抓散，仰臉朝天，後腦倒枕在床沿上，一蓬黑霧似的長髮，有一半被血塊黏住，變成膠結的髮餅，那房間只有一扇小窗，黝黯得很，一塊陽光從窗口透進來，照在她白羊般的裸胸上。

最先發現大寡婦被人殺害的，是鎮上的金大娘，她起了一個搖點子的盆會，到了搖會的日子，她去叫喚大寡婦，一掀房門簾子，她就跌跌爬爬的一路尖聲號叫出來。鎮上的人湧進那宅子，看到那具半裸的屍體在黝黯裏發出亮光。

有人仔細察看，渾身上下，只有一處傷痕，那是從頸側到喉管的一條六七寸長，兩寸多深的裂口，彷彿是被某種沈重的利器砍劈成的，有一綹斷髮夾在傷口中間，髮梢還朝下滴血。

「賭鬼王二到哪兒去了？她怎麼死的，他該聽著點兒風聲。」

經人這麼一嚷嚷，有些好事的便去後屋找賭鬼王二，打開柴門，就看見王二頭枕著手肘，酒醉似的伏在白木方桌上，旁邊放著一隻空酒壺和一隻尚留有殘酒的酒杯，桌腳邊橫著一把染著血跡的砍柴斧頭。

「好哇，人是他殺的——」有人喊說：「兇器還在呢！」

「王二，王二。」有人叫他不應，以爲他喝醉了酒，伸手去扳動他的肩胛，覺得又冷又硬！賭鬼王二把臉偏露出來，滿臉青紫色，嘴角和鼻孔都還在朝外溢血，那人鬆開手，倒噓一口冷氣說：「整砸了！——像當年陳宏記布莊鬧出的事故一樣，差就差在沒死在一堆罷了！」

在一向平靜的偏僻地方，鬧出這樣離奇的命案，簡直像天塌地陷似的遠近轟傳著，地方上初次查驗，大寡婦確是被柴斧砍殺畢命，賭鬼王二呢，卻是飲了毒酒，酒裏被人下了毒鼠藥，命案雖然鬧得這樣大，了結得卻很快當，按照一般冤有頭債有主的觀念，大寡婦是賭鬼王二殺的，賭鬼王二的一條性命，當然也葬送在大寡婦的手裏，冤冤相報，兩造都已送命，也算是扯平了。

衙門裏辦事，怎樣省事就照怎樣辦，只要理上站得住，交得了差，誰也不願橫生枝節，替自己惹麻煩。

街坊上的人，也都相信這宗命案是這樣發生的，大寡婦和王二叔嫂倆，原就有些首尾，賭鬼王二是個不務正業的傢伙，把大寡婦一些金飾和壓箱的私蓄，連哄帶騙的弄出來送在賭檯上，兩人也曾有過好幾回爭執吵鬧，這一回，也許是大寡婦想擺脫王二貪得無饜的需索和糾纏，也許是賭鬼王二索逼不得，惱羞成怒，總之是兩巧合一巧，迷迷糊糊就把事情鬧出來了。

也有些人重提陳宏記布莊當年鬧出的那宗慘案，認為兩宗命案之間，有著神秘的連鎖關係，一定是宅子犯煞，或有惡鬼邪魔作祟，要不然，哪有這般巧法？

如果世上真有什麼惡煞，貴財就是；這案子是他一手做出來的，卻沒有一個疑心到他的頭上。一個骨嶙嶙的瘦弱的男人，陰沈冷漠，連說話也有氣無力，平時膽子小得怕殺一隻雞，哪能揮得動那種沈重的柴斧，一斧居然砍斷了大寡婦的半邊頸項？再說命案發生時，他根本不在鎮上，早幾天頭裏就出門去了的，拿什麼樣的理由，也扯不上干係。

實在說，貴財自己也不相信他曾經幹下了什麼？公雞在黑裏警告似的叫喚著他的名字，貴——財——哥啊！貴——財——哥啊！他充滿疑慮的腦子裏，便浮現出一個令人驚怖的惡夢，他夢見扁的大月亮照著白沙沙的路，他就折回頭，順著那彎彎曲曲的路影飛奔著，那使他心裏的憂鬱，輕快的發散出來，像燐火似的飛滾到遠處去；在月亮的幽光裏，一切的圖景都是他所熟悉的，小鎮上的街道，透著燈光的馬家酒舖，家宅後面荒曠的野溪，那道圯頹的灰牆和一些缺口……

他跳到隔鄰的後院裏，賭鬼王二所住的矮屋裏沒點燈，紫笆門是反扣著的，他站在窗外窺望了一會兒，月光落在屋裏，方方的一小塊，當中有他自己的影子。他知道賭鬼王二夜晚從賭場回來，有喝夜酒的習慣，用殺鼠藥把他放倒是輕而易舉的事情。

傾放殺鼠藥時，發現門後那柄柴斧，夢就再做下去，他掂起那把斧頭，闖進大寡婦的臥房，一把掀翻她，胡亂砍了一斧頭，她連喊全沒來得及喊一聲，懵裏懵懂就翻了眼，一切都很順當。

一切都是那樣的暢快淋漓，第二天，他在離鎮四十里外的路上，身後的那場夢，淡得幾乎見不著影子了。這種看像是夢遊的毛病，實質上跟夢遊完全不同，貴財明知那不是夢，偏把它當成夢來看待，儘量促使自己遺忘。

那兩個人不是我貴財謀殺的，他爲自己編出一套遁詞來：王二被大寡婦下毒，大寡婦吃王二用柴斧砍殺，這跟我姓陳的有什麼相干?!若說干係，就只有使自己爽心快意了一些，月嬌因此失去了一個姘頭，自己出門在外，不必像前些時那樣牽腸掛肚了。

進城販妥了布疋，他逕自揹著到四鄉去販賣，足足捱頓了半個月才朝回拐，背上輕輕的，腰裏重重的，交易發旺，人也有著轉運的預感。我貴財不是那種孱弱的人，甘心把綠帽子頂在頭上，賭鬼王二已經了結了，那淫婦該怎樣處斷呢？難道還讓她活在世上？另一場意念結成的夢境，又沈沈的魘壓在他的心上。

小陽春的天氣是那樣晴和，人在太陽底下趕路，身上還有些發烊。看著看著望得見鎮上參差的屋脊了，貴財忽然打了個寒噤，變得心虛膽怯起來，明明那不是夢，他揮動柴斧的手還在痙攣著，那比抖開紙包，在酒壺裏傾倒毒鼠藥的感覺更爲真實。

事情過後，連自己也不相信是從哪兒來的膽量？後來住在客棧裏，他真的夢見過賭鬼王二，七孔流血的站在他的床面前，喊著向他索命，夢見過頭顱倒垂在肩膀上的大寡婦，喊著貴財哥啊，讓我活啊！怵惕間，全化成一片雞啼。……賭鬼王二究竟有沒有喝了那壺毒酒？他還不知道，貴財倒希望對方喝了，即使噩夢纏人，卻要比跟王二面對面的碰頭要好，不用說，王二要還活著，他一定不會承認大寡婦是他殺的，那時候，地方上追查真兇，總是很麻煩的事情。

他並不怕鬼，但很怕人。

當真就一些兒不怕鬼麼？在外面，怕也怕得有限，一想起那宅子跟自家的宅子僅有一牆之隔，也就有些渾身發毛了。眼前唯一能支撐著他的，就只有內心裏那股子逐漸黯下去的妒火，念頭轉到月嬌身上，會覺得賭鬼王二死一次還算便宜了。

快走到鎮梢石橋頭，迎面響起樂聲，貴財招起手朝前望，一行出喪的人正迎頭走將過來，兩支喇叭朝天搖晃著，緊跟著抬過來兩口白搓木的棺材。他怔了一怔，心像斷了繩的打水木桶，一直落到黑洞洞的井底下去了。

「啐，」他吐口唾沫，閃到小街的街廊下面去，自言自語的說：「真晦氣，趕路遇著這玩意兒！」

「你弄岔啦，貴財哥，」有人在他背後說：「見財（材）有喜，主你生意發旺的，幹嘛啐它？」

他一掉臉，這才發覺他站在中醫湯一劑的門口，說話的正是湯一劑本人，手端水煙袋，翹著黃了梢的山羊鬍子，也在那兒望呆呢。

「鎮上誰家出殯？兩口棺材一起抬？」他故意吃驚的問說。

「噢，你還不知道？這命案可鬧轟啦。」湯一劑說：「不就是你隔壁的大寡婦和她小叔王二嗎？一個被柴斧劈斷了頸子，一個喝了毒酒。」

貴財皺起眉毛，做出驚詫的樣子：

「老天！我出門時，他們還好端端的，怎麼會?!」

「變化來了，誰也料不到的。」湯一劑說。

黃亮的喇叭一路搖晃過來，兩口棺材小小薄薄的，顯出刺眼的新刨木質的光澤，眼看經過貴財的面前時，棺前突然捲起一縷小旋風，掃著地面的灰沙，騰昇得像一條黃蛇，一種潛在的本能使貴財朝後退縮著，脊背緊抵著中藥舖的牆壁。

旋風起得太突兀了，心虛的貴財總有些疑神疑鬼，暗怨自己爲什麼早不回來，晚不回來，偏揀著這個時刻回來？半路上竟撞著這兩口棺材。看來賭鬼王二跟大寡婦含冤帶恨，陰魂真的會纏繞著自己的了！

但那也只一刹功夫，兩口棺材就吱咯吱咯的抬過去了。貴財倒透出一口涼氣再抬眼，送葬的人都是鎮上的幾張熟面孔，金大娘旁邊走著的，可不是月嬌嗎？愁眉苦臉的一副傷心模樣，使他一心的妒火又旺騰起來。月嬌這個淫婦，這樣的不知羞恥，姘夫死了，她竟然有臉跟著送葬？她心眼兒裏哪還有我貴財！

依他的性子，恨不得立即奔過去，一把揪住她的髮髻，狠狠地痛摑她一頓。火冒至腔口，忍一忍又乾嚥下去了，他不能當著人這樣做，把街坊鄰舍驚動了，那可不太好，這本賬只好暗暗記在心裏，等到機會來時，再跟她打總結算罷。

「瞧，月嬌，妳家的那口子回來了！喏，藥舖門口站的，可不是他嗎？」

月嬌順著金大娘的手指一抬頭，不知不覺的就斜奔了過來，急切的叫說：

「貴財，你這趟出門，整整半個月了，鎮上出了這麼大的血案，可不把人給嚇死了！」

「嗯，」貴財冷冷的說：「我剛剛才聽人說起。」

「你想想罷，就靠我們緊隔壁，只隔著一堵有缺的殘牆，你說我害怕不害怕？大寡婦她死得好慘，去看的人都這樣說，後事還是左鄰右舍出面料理的，大家攤份兒，買棺材，我們也攤了三塊銀洋。」

「也是應該的。」貴財說，用陰鬱的眼神直瞅著她，像想從她語言背後挖掘出一些什麼。

「你不跟著送葬？」月嬌說：「總是鄰舍一場。」

貴財搖搖頭：「趕了這許多路，我實在乏了。」

「那我跟你回宅去罷。」月嬌說：「兇案發生之後，我就托人帶信，把我媽跟月豔接來住。她們都還留著沒回去呢。」

「好罷，改天再補燒些紙箔算了。」

「看你真的是乏了，」月嬌關切的說：「說話嗓子啞啞的，沒有一些精神。大寡婦家遭了這樣的橫事，你像一點也不關心的樣子。」

「變化來了，誰也料不到。」他把湯一劑說的話，照樣說了一遍，說完話，跟著噓了一口氣，彷彿再沒有什麼可說的了。……其實貴財心裏納悶得很，每回自己都只能背著月嬌發狠，見著月嬌就打了盹，有煩有火，全都被一種無形的魔力鎖禁著，想發也發不出來了。月嬌簡直是狐狸變的，那種難分真假的關心，燙得人發疼的熱切，會在一剎間把人心底的紋路弄平，他雖說根本上懷疑這些，卻沒有辦法從這種溫柔的魔境裏跳脫出來。

一路上月嬌撒著嬌，長呀短的唸著，說她驚是怎樣驚，怕是怎樣怕，等是怎樣等，好像巴望他這一輩子再也不要出門。他跟她回到宅子裏，心像乾了的霉苔一樣，他想過，像他這種樣的人，原不該娶親的，尤其不該娶著月嬌這種容貌出眾的女人，使他深受折磨，要不然，怎會多出那兩口棺材？賭鬼王二不用談了，大寡婦憑空挨了那一斧頭，委實冤枉。……說來全是月嬌害的，女人是禍水，老古人的話總錯不了。

人這樣鬱著，表面上還得好好的看待來此作客的丈母和小姨月豔，跟月嬌也處得像是甜蜜恩愛的小夫妻。事實上，從賭鬼王二死後，他心底下一直厭惡著月嬌，連到湯一劑那兒去配藥的興致也沒有了。

賭鬼王二和大寡婦的命案雖然已經了結，但街坊上一直把它當成茶餘酒後的談資，繪聲繪色的有之，誇張渲染的有之，經常刮進貴財的耳朵，每聽著有人提起賭鬼王二和大寡婦的名字，貴財的顏面就會扯出不自覺的怪異的痙攣來。

「買點紙箔到後院子燒一燒，避避邪！」

這種話，他在一冬季裏，跟月嬌提過三遍了。

冬天是賣布的旺季，四鄉的莊戶人家收了秋糧，年前節後總得扯些布，添套把衣裳，貴財為了逃避那些對命案的議題，出門的次數反比平常更勤，丈母和小姨被月嬌留著，過不久，索性把她爹也接來同住，兩家合成了一家。

貴財既然跑得勤快，交易又很發旺，手底下積賺的也就日漸豐厚起來，梁師傅沒口的誇讚自己有眼光，能選中這樣的女婿，並且當著人打賭說：

「你們瞧著好了，不出三幾年，陳宏記布莊就會復業，一樣開得出當初那樣的規模。」

「貴財只是身子太單薄，禁不得太多風霜。」做丈母的說：「寒天臘月出門，夠辛苦了，鬧咳鬧喘，瞧著令人耽心，真能把布莊復業，那就好得多了。」

「也甭那麼擔心著貴財，他只是小時缺調養，多勞動，多磨練，反而對他好，若真成天窩在暖房裏，不淋雨吹風曬太陽，那真才會像盆花一樣的易枯呢。」做丈人的說：「他成家之後，自己販布賣，這一年多來，身子不是比當年好些了。」

委實是如梁師傅所說的，貴財經常在外賣布，那張原本浮腫透明的臉蓋上了一層些微的黝黑，使他在外表上看來，不像早先那麼蒼黃。但則內裏怎麼樣，外人看不著，只有貴財他自己知道，一陣喘息起來，眼前青黑青黑，金蠅子亂飛亂迸，一陣咳嗆起來，好像要把五臟六腑咳成碎塊，一塊一塊的朝外吐。

冬天出門的滋味很夠受的，走在遍是冰稜的野路上，最先步步像踩著刀口，割得人腳板刺痛，過後不久便凍麻了，彷彿不是在走路，而是在搬挪兩根沈重的木杵。龜伏在路外的村落，光禿的抱著霜花的樹木，看在眼裏都很近，走起來卻非常遙遠。即算是晴和的日子，風也薄利如刀，割裂人的肌膚，甭說遇上常臨的雨雪了！但在這一陣子時光，他願意這樣的出門受苦，冰凍會使他心裏覺著清爽一點，野原上耀眼的雪光，也會把他積鬱在心窩的霉黯洗上一洗，使他有一份無斑無點的安靜，哪怕只有一會兒功夫也是好的。

賭鬼王二和大寡婦的命案，已被街坊上的人講膩了，無論有多少風風雨雨，總沒沾著他貴財一星半點，這使他在驚恐中暗懷著僥倖；過了那一段昏沈的日子，他總算慢慢清醒過來，懂得精密的計算，計算著下一步該走的棋子——怎樣對待那個曾經背棄過他的女人。

他從來就沒信任過她，那支簪子仍然是個謎，他沒有勇氣當著她的面去揭發的謎，使他又起了兇心。貴財單獨在靜夜裏盤算過很多回，強烈的妒意使他容不得一個已經不潔的婦人，他根據片面的疑心，作成那種認定，而那種認定，像果核似的長在他心裏，至死也挖不脫了。

計算月嬌，不像計算賭鬼王二那樣容易，兩人總是夫妻，總有過一段甜甜蜜蜜的枕上恩情，他嫌惡她，卻又貪戀她，她的溫存熱切，常使他陷進一種無能爲力的魔境，連火氣都發不出，甭說認真的動手了。

賭鬼王二的命案剛剛冷下來不久，兩家緊鄰，這邊如果要再出事，唯恐旁人把兩宗事情朝一宗上聯想，再說，自己跟月嬌有著正式的夫妻名份在，十分只要一分破綻，就脫不了牽連，要想成事，非得忍著等著不可。

即使搖響潑浪鼓在賣著布，這念頭仍在他腦子裏流動著。他拿起竹尺在量布，彷彿量的不是布，是他自己一分一寸的計算。他拿起剪刀在剪布，彷彿剪的也不是布，而是月嬌的喉管，那嘶嘶的裂帛聲，帶給他一種報復性的得意的快感，好像有血點從剪尖濺滴下來，一花眼間，白雪上會顯出許多奪目的鮮紅。

而這並不是他想用的方法。

更多不切實際的方法，都像五顏六色的花布似的，朝他不寧的惡夢裏亂堆亂擲。有時，他夢見他和月嬌手挽著手，站立在狂風凜冽的山頂上，腳下是黑黝黝的，使人不敢俯視的懸崖，他伸手對準她後背輕輕一推，她就像一張剪紙似的飛身翻滾著，直落進幽深莫測的谷底，她尖銳的叫喊和他磔磔的狂笑絞合在一起，那樣的響亮，那樣的綿長，使他被一種快意的戰慄挾持著。

從夢中飛向清醒，怔忡一晌，才知道沒有山，沒有谷，只有黑暗包裹著他，躺在客棧的木床上。

有時他夢見仍用當初砍殺大寡婦的那柄柴斧，在自家的臥房裏，猛劈著月嬌的頭顱，一斧劈下去，鏗然有聲，再看，根本沒劈著人，只劈著一段人立著的堅硬的木頭，那斧頭的木柄斷折了，斧頭仍嵌在木段當中，晃也晃不下來，就那麼的黏在那上面，自己的心也黏在那上面。

他爲這些亂夢纏繞著。

新年前夕起風訊，貴財回到宅子裏歇著沒再出門，紛亂得像千萬縷游絲的思緒，仍在他心裏不斷的朝外抽引。堂屋裏生著紅紅的木炭火，二道院子裏積有一尺多厚的雪，風在簷間旋動，一串長長短短的冰鈴便發出尖銳的潑嘯聲，天色灰塗塗的像塊蓋板，低低壓在屋脊頂上，一屋子都是那種死沈沈的黯光。

「這宅子，開春該粉刷粉刷了！」做丈人的跟貴財說：「我總覺得房子太古老，有些陰氣，生邪惹魅的。」

貴財沈吟著，最後一句話——生邪惹魅的，卻棒似的把他敲醒了。

「嗯，」他應說：「屋子不但太舊，我看當初風水也沒看好，當初那宗慘案發生之後，我就有些覺得異樣，一晃眼，又好些年了。」

對方抹著山羊鬍子，下巴變長，隔了一會兒說：

「不錯，你父母當初那案子，跟隔壁賭鬼王二叔嫂倆的案子，情形差不多，說宿世的冤孽也好，說有鬼作弄也好，似乎都跟風水有關。」

「真的，假如有買主肯出價，我很想盤掉這宅子，」貴財說：「家裏人口少，用不著這種三進院落的老屋，空著朽壞也是空著朽壞了！……要是常住下去，日後還不知會鬧出什麼樣的事故來呢。」

「陳家的祖業，也是你們小夫妻倆日後的根基，」老頭兒說：「我可不敢輕易跟你拿這個主意，我總想，日後布莊復了業，人手多了，宅子自有旺象，能修整儘量修整，再請看陽宅的先生仔細瞧看瞧看，萬一有什麼不妥，煩他施法破一破，也就好了。」

「等到過完年，開了春再說罷！」貴財陰鬱的說。

年倒過得挺像是年，貴財對丈人和丈母說多殷勤有多殷勤，知道丈人愛喝原泡老酒，不但每日供應無缺，還特意買了兩小罈，算是送丈人的年禮；知道丈人愛吃活鯉魚，便著宅後的漁家在冰封的溪河上砸出冰窟窿，在天寒風急的夜晚，擎著桐油火把，到冰層下去取魚；丈母通身裏外的新棉衣，全是貴財送的，把丈母樂得笑瞇了眼，沒口誇讚女婿是個孝順人，除了還差個外甥孫，她簡直沒旁的話可說了。

月嬌跟貴財同床共枕，也口口聲聲稱讚貴財許多好處，婚後兩人沒拌過一句嘴，沒嘔過一場氣，她說什麼，貴財都會依著她，她沒道理硬說貴財有什麼短處，只有小姨月豔在冷眼旁觀時，說她姐夫很怪氣。

「他低著頭想心事的時候，那張臉最怕人了！」她背地裏跟她爹說過：「臉頰上的肉蚯蚓，扭來扭去的，兩隻眼珠從眶子裏朝外凸，直釘在眼前的地上，偶爾抬眼看什麼，人在他眼前他不見人，眼珠裏鬱著一盆子火，兇暴暴的，真不知他心裏在想些什麼。」

「甭犯那種疑心病了，丫頭。」做爹的噴著酒氣說：「善人惡長相，也沒有什麼不妥，妳到大廟裏看看去，十八羅漢，有幾個慈眉善目的？羅漢就是羅漢，不能單看外表，妳姐姐喜歡他就得了！」

不動聲色的貴財把棋子捏在手上，耐心等著機會。開春後天轉暖，架上綠潑潑葡萄已然成蔭，丈人丈母和小姨在宅裏一住幾個月，打算辭別回家去，隔一段日子再來，貴財一再挽留沒留住，最後說：

「那就到這邊來過端陽罷！我多養些活鯉魚，再窖下一罈酒等著！」

主意早就籌算定了，他想到了結月嬌的地點——那口高高的綠釉魚缸。爲了掩飾這事，他出門賣布留了很久，回來又特意去找湯一劑，使月嬌有了她最後一個如魚得水的春天……。

端陽是個大節，風和日麗，寒傖的小集鎮上，顯得暖洋洋的。家家的門前插著艾蒲和柳枝，窗角上吊著彩絨紮成的小粽，和各種顏色豔麗的布飾，雞、虎、兔、龍等生肖，在黯色的背景中，跳騰起一片節慶的光鮮。

貴財的宅子裏，兩個人也爲過節忙碌著，丈人、丈母和小姨，說妥了要在過節當天趕來聚會幾天，節前頭幾天，貴財就裏裏外外的打掃宅院，月嬌自己裹著粽子，按照端節的習俗，貴財去橋頭湯一劑的藥舖，買了白芷、蒼朮、除蟲菊和乾艾粉，混碾成一大包，在房陰屋角遍撒著，藉以驅除五毒，堂屋的碎磁瓶裏，也供上了盛開得像金輪似的蜀葵花，紅得像餤火似的石榴花枝。

當然，去湯一劑那兒買藥時，他也沒忘記配他那種能在月嬌面前稱得起丈夫的補藥，好在枕蓆上討她的喜歡，這些細小的事情，他全安排得很妥當。他說不出他對月嬌的情感究竟是怎樣的？他狂熱的貪戀著輕紗帳裏的日月，裸裎的月嬌是細白溫柔的，像一顆剝了皮的水梨，她籠霧的黑髮，輕微的喘息，沁汗的肌膚，嬌慵的情態，都會帶給他一種飄昇的快樂，那要比早先他關在黑屋子裏的幻想要真實得多，也溫暖得多。

但他最貪戀她的時辰，也正是最厭惡她的時辰，彷彿她比五毒還毒，甚至連雄黃、艾莖酒都奈何不了她，……這背夫偷漢子的淫婦！

他沒有忘記那口綠釉的魚缸，在葡萄清涼的綠蔭下面，半缸新換的清水裏，養著十多條透活的、筷子長的鯉魚和鯽魚，丈人最愛用活殺的鯉魚和鯽魚下酒。

過節那天大早上，貴財剛醒轉，就見月嬌在窗前的妝台邊紮彩絨，編成一個網兒，網著艾枝和烤熟的蒜瓣兒，把它懸在房門口的橫柱上。

「嘿，有那麼多的規矩？」他揉揉眼，打著呵欠說：「妳對過節的興頭，比我更濃。」

「慶節就得像個慶節的樣子，可不是？」她瞟了他一眼說：「甭賴在床上，快起來，幫我去配雄黃酒去，等歇我替你扣絨。」

「算了，」他披衣坐起來說：「我還是孩子？五顏六色的扣那個，節後出門去賣布，伸出腕子，讓別人瞧著了，不笑話才怪?!」

「唷，瞧你！」她噘起嘴，幾些撒嬌的意味說：「怕人瞧著笑話，就不要扣在腕子上，我替你編個袋子，掛在褲腰帶兒上，放些雄黃塊兒和樟腦在裏頭，辟邪祛毒的，成不成？」

他趿著鞋下床來，站到她背後，兩手扳著她柔圓的肩胛說：「成啊！我也替妳襟上扣一隻雄黃老虎頭罷！」

這樣打情罵俏式的調笑著，仍然是新婚小夫妻那股蜜勁兒，瞧不出有任何異樣的地方，只有貴財自己，抬頭瞧見梳妝鏡裏的自己的臉，笑雖笑著，笑容裏常夾有隱約的面肌的抽搐，使那笑容看上去有些陰沈。

「我爹他們該來了。」她說：「天不早了，幹你的事去，甭在這兒消磨時光，我該下廚去了。」

小兩口兒配妥雄黃酒，剛吃罷早飯，前面有人在敲響門環，兩人爭著去開門，梁老頭兒老夫妻倆帶著月豔全來了，岳母拎著有蓋的細竹籃子，月豔手抓著一大把五毒花，丈人端著一小罈封印沒揭的酒。

「我的記性還不壞罷？」丈人呵呵笑著跟貴財說：「說是來過端午，就來過端午，免得你們記掛，人多，節更過得熱鬧些。」

「我們的記性更不壞，」月嬌笑著去接那罈子酒說：「什麼全都準備妥了，單等著你們來。……你們來就來罷了，大老遠的，幹嘛還要帶這些?!」

「當真是：做老人的，吃現成的？」老頭兒說：「全讓你們小兩口兒忙？……妳媽也不過燉了一缽子櫻桃肉，替你們煮了一隻栗子雞。」

「裏邊坐罷，」貴財也殷勤的接過丈母手裏的細竹籃子，跟月嬌說：「甭讓兩老儘在這兒站著。起五更趕路來，該寬歇寬歇了。」

老夫妻倆穿過通道朝裏走，被太陽烤熱了的風掠過天井，到處是白芷、蒼朮和雄黃混和的香息，磚地上打掃得光光敞敞，各屋也都清理過，顯得那麼整齊淨爽，多少年來，古老沈黯的屋子，都沒有像這樣整理過了。

「嗯，很有幾分旺相。」丈人滿意的點著頭，跟貴財說。

「兩人同心，黃土變金，」貴財硬板板的背著俗語說：「不是月嬌幫著我，哪會有這樣？」

月嬌鬢上插著一朵盛開的石榴花，臉頰上流動著羞怯的暈紅，彷彿是榴花滴汁成的，一直擴散至耳根。貴財也真怪，當著兩老的面，扯這些幹什麼?!平素他笨口拙舌，今天反而變得口齒伶俐起來，她愈是偏臉低頭，月豔愈是斜睨著她淺笑。

把兩老央進堂屋坐下來，貴財親自奉茶，又趕著要月嬌端上茶食盒子，梁老頭兒捏些茶食進嘴，跟他老妻逗趣似的說：

「還是我的眼光準，選中貴財這樣的女婿，嗯，人說：女婿當得半子，貴財這是過了頭了。瞧著這小夫妻倆恩愛和順，我就樂，他們是咱老兩口日後的靠山。」

「貴財臉上的氣色還是沒轉好，」丈母說：「身體要攝護，飲食要調節，年輕的時刻，就要多蓄本錢。」

貴財笑著嚥口唾沫，硬把咳嗽忍了下去，沒讓它咳出聲來，身體孱弱的人，最討厭旁人當面提這個，也只有丈人丈母這樣說話，他還能隱忍得住，換是旁人，他會立即光火，——他不願任何人把他看成他爹那樣。

老頭兒吃著茶食，那些油酥酥的食品使他嘴唇也跟著滑溜起來，談天說地的扯開話頭，當然少不了談到陳宏記布莊復業的事情，貴財裝出很出神的樣子傾聽著，暗地裏卻在數算著時辰。

「月嬌，」他說：「天不早了！妳該下廚做飯了。」

月嬌正跟妹妹月豔在另一邊的椅子上並肩坐著，談她們的體己話，聽了貴財的叫喚，便應說：

「不用急，菜飯都是現成的，你陪爹媽多聊一陣子罷，待會兒，我自會去張羅的。」

「爹他喜歡用活燒鯉魚下酒，」貴財說：「我去買佐料去，等歇妳先到荷花缸，現撈兩尾魚，打理乾淨了，臨時做，趁熱端，免得冷了腥氣。」

「你當真為你丈人準備了活鯉魚？」丈母娘說。

「他早就買來養在荷花缸裏了。」月嬌插口說：「大大小小的鯉魚和鯽魚，夠爹吃上半個月呢。」

「活魚固然很鮮，」貴財說：「那得配上好佐料，……我去杜家醬坊買頭抽醬油和一等好醋，煮出來，風味更好。」

他端碗出門去買佐料，月嬌也抽身到後院去撈魚，小夫妻倆走後，梁老頭兒不禁又誇讚起他的女婿來，——當然會從活鯉魚談起做女婿的一片孝心。大朵的蜀葵花，黃燦燦的開得像太陽，石榴花的小紅火，更把人心燒得溫溫暖暖的，在梁師傅老夫妻倆的感覺裏，這許多年來過端午，都沒像今天這樣熱乎過。

月嬌心裏也是喜洋洋的，早先跟貴財結親時，她自己心裏木木的，從沒熱衷過，倒不是因為對方面黃肌瘦的那副長相，只因從那宗陰慘的血案傳聞，使她自然產生了一份恐懼和厭惡，她實在害怕嫁到這座古老陰黯的宅子裏來，跟一個病弱的男人在一起過日子。

說來也很怪氣，嫁來之後，她真的愛起貴財來，不錯，正像月豔所說的那樣，貴財那個人初初瞧上去，真有些怪異的陰冷，平素不愛多說話，面肌常會產生一種令人寒慄的抽搐，但跟他在一道兒處久了，反而覺得他溫厚樸訥，即使有些怪，也很難說出他怪在什麼地方。也許那是由於早年受過恐怖的刺激引起的罷？最近幾個月，他對待自己，比往常更體貼，從沒有嘔氣、鬥嘴等情事發生過，她沒有道理不心滿意足。

她去後院葡萄架下面的荷花缸邊去撈魚，那口缸太高了，她必得要站在方形的站凳上，上半身彎進缸裏，才能伸手去捕捉缸裏的活魚；她在伸手入水前的一剎，望著平靜的水面，光光亮亮的像一面剛擦拭過的明鏡，映出她自己的臉和斜插著石榴花的鬢髮，她身後天棚上疏疏大大的葡萄葉掌，泛著奇異透明的綠色，更顯映出她臉色的嫣紅來。缸底的魚群，自由自在的，在她幻影中游動著，水面仍然平靜，攤露出葉影，以及葉隙間藍色碎布般的天堂——五月的溫柔顏色。

她疑疑遲遲的，衝著她自己的影子微笑，那嬌媚的水面上的人臉，也用同樣的微笑來回報她，水面上飄漾著的是一個很美的圖景，夢的圖景，她簡直有些不忍用手觸碎它。

就在這時候，她忽然覺得自己的雙足被人捉住，還來不及挺身回頭，兩腳就叫人猛力的朝上一掀，水面上的圖景碎裂了，她的頭埋進缸底的淤泥裏去，她的呼喊變成一串嚕嚕上升的水泡……。

這對貴財來說，並不是謀殺或是其他什麼，只是一場快意淋漓的白日夢，雖說他早已盤算過，但在當時卻很模糊，他舉著月嬌的雙足，總有一盞茶之久，然後，他悄悄的從牆缺口那兒遁出去，去買他烹魚的佐料。

買了佐料，打前門回來，做丈人的正興高采烈的談著活燒鯉魚和酒。

「好了，佐料買來了，」他說：「也真難爲你，貴財，爲我忙這半天，先坐著歇會兒罷！」

貴財放下佐料，真的歇了一會兒，這才像想起什麼似的，扭頭跟小姨說：

「月豔，妳姐去哪兒了？光景不早了，該下廚張羅飯食去啦。」

「不是去後院缸裏捉魚去了麼？」月豔說。

「什麼魚這樣難捉法兒？」他說：「一去老半天，不見人影兒。」

「月豔，妳去後面看看去，」丈母說：「廚房的事，妳該多幫幫妳姐的忙，甭再讓妳姐夫勞動了。」

月豔是笑著答應，動身到後院去的，回來時急急匆匆，蠟白著臉，嘴張很大，半晌沒說出話來。

「妳怎麼了？月豔？」

叫這問急了，月豔才擠出斷斷續續的話來：

「我姐……我姐……她栽進缸裏去了！」她帶著哭腔說：「只露出兩隻腿在缸口上。」

「糟！」梁師傅說：「缸裏有水，只怕淹在那兒了！妳怎沒拖她來著？」

「我拖了，拖不動，才跑來叫你們的。」

那三個一聽，全都搶著站起身來，忙不迭的朝後跑，梁老頭兒鬍子抖抖索索的，老太婆一邊踹動小腳，一邊語不成聲的嘀咕著：

「嗨，這是怎麼弄的?!……好好的人，怎會撈魚倒栽進缸裏去的？」聽那口音，好像在抱怨著誰似的。淚水噎著她喉管，吐出話來，也帶一股苦鹹味兒。

三個人奔到後院裏再看，正如月豔所說，月嬌頭朝下腳朝上栽在缸裏，兩隻粉紅鞋朝天豎舉著，像兩隻紅辣椒結在綠幹上。梁老頭兒和貴財兩個搶步上前，一人攫著一條腿，老鼠窟裏拔蛇似的倒著朝外拖，拖出來再看，月嬌滿頭滿臉全是淤泥，嘴角、鼻孔和耳眼，絲絲的朝外滲血，做媽的一見這光景，兩腿一軟癱在地上，一口氣沒透出來就暈厥了，月豔慌忙去端木盆，朝她媽頭上潑涼水，老太婆一醒轉就哭著說：

「貴財，你快去找雞毛，試試她還有鼻息沒有？」

「哪還會有鼻息?!」做爹的摸著說：「渾身都已經涼了！」說著，捏出一把鼻涕，也埋頭痛哭起來。

原本是熱熱鬧鬧的過節來的，這意外的變故使宅子裏的空氣僵涼起來，四個人蹲在月嬌的屍體旁邊，你也哭，他也哭，貴財更是哭得厲害。月嬌死了，他妒恨她的那些原因都沒了，一年多來，枕上的恩情還在，無論是出自她的真心還是假意，總那麼甜過、蜜過，不由不使他有些留戀；當然，他哭的並不是這些，他必得這樣蹦跳號啕，才能掩飾住自己的真正面目，讓旁人疑心不到他的頭上，使月嬌的死因變得單純，——她只是因爲撈魚不小心，栽進缸去淹死的。

門前插著的菖蒲和艾葉變軟時，月嬌出了殯。

幾乎沒有誰議論這宗意外的事故，月嬌死後，她娘家全留在那宅子裏，幫著料理她的後事，她父母都沒有話說，旁人更沒有置喙的餘地了。

梁師傅老夫妻倆，失去一個出了嫁的女兒，固然悲痛，反過來看失去妻子的貴財那種痛不欲生的模樣，卻更可憐起這個女婿來。

自打月嬌死後，貴財就有些傻傻的，口口聲聲要跟著月嬌下地去，不願單獨的再活了。老夫妻倆沒辦法，反而要強忍住悲痛，轉勸貴財不要過份死心眼兒，人死不能復生，哀傷過份了也沒益處，勸慰他不說，又怕貴財真的一時想不開，便留下來陪著他。

「嗨，說來這意外的事，全怪在我身上。」梁老頭兒說：「我要不是有著貪吃活燒鯉魚的毛病，月嬌怎會栽進缸去溺死！」

「我看這宅子怕真有些妖魔在，」做丈母的說：「要不然，怎會連二趕三的出岔事？你得想法子，請人來看看風水。光是埋怨自己也是空的，苦命的月嬌死了，貴財他還得打起精神來撐持。」

日子過得陰陰冷冷的，天氣卻越轉越炎熱了。梁師傅夫婦倆帶著月豔，在貴財的宅子裏住到月嬌滿了七，貴財不但沒重新振作起來，反而發了病。發病的原因，依照梁師傅老兩口的看法，當然跟月嬌遭受意外死去有關，女婿的身體原已很單薄，哪還經得了這種打擊？……

滿七那天，做丈母的要月豔幫著，清理月嬌的衣物和飾物，在妝台的一隻抽斗角上，找著一支簪子，──隆昌銀樓打製的簪子，實重三錢七分五的那一支。

「姐夫，你看看，這支簪子要是早找著，就該讓她戴了下葬的。」她把那支簪子遞在貴財的手上。

貴財手捏著它，一聲不響的楞在那兒：世上真的有鬼，敢情是，這明明是捏在賭鬼王二手上的那一支，無論是形狀，式樣和花紋，都是一樣，難道自己真會看走了眼?!難道王二那支簪子是從大寡婦那兒竊取的?!難道月嬌清清白白，跟賭鬼王二毫無瓜葛?!天喲！難道這三條人命全是冤枉送掉的?!

他忽然覺得脊背發冷，機伶伶的打了一個寒噤，那支黃澄澄的簪子，彷彿一下子變成一把銳利的匕首，直插進他的心窩。一連串的難道盤結著，把他給緊緊的鎖住，使他像投落在蜘蛛網上的蒼蠅，連振翅也振不起來了。

錯以為他是睹物懷人，母女倆呆在一邊沒作聲，直等瞧著貴財臉色不對，做丈母的才搖著他，勸說：

「又在癡想什麼了?貴財，人，總免不了意外。」

貴財沒聽見似的，簪子從他顫抖的手裏落在地上，他想穩住自己，不讓一陣天旋地轉般的暈浪擊倒，就從眼前一片青黑中伸出手去，想抓住什麼堅固的東西，結果卻搭在小姨月豔圓柔的肩膀上。黑山在眼前朝上湧，喉管間漾起一片腥甜，這一回，他在劇烈的嗆咳之後，吐出來兩口鮮血，人就那麼變軟了。

貴財病倒在床榻上，丈母和小姨都沒了主張，梁老頭兒說：

「月嬌雖已死了，貴財仍然是我們的女婿，親情濃厚，他病倒下來，理當由我們照應他，假如短期內，他的病能痊癒，那自然更好，要是一直拖下去，不消說，我們只好留在鎮上長期看顧。」

「快甭這麼咒貴財罷，年輕輕的人，一時鬱著了，哪有久病不癒的道理?!」正因爲女兒沒了，丈母娘更心疼起女婿來：「一邊找人看風水，清宅子，一邊找醫生來替他瞧看毛病，病痛釘在身上，誤不得的。」

梁老頭兒到處找人來看風水，清宅子，又把橋頭的中醫湯一劑接的來，替貴財診病；看風水的先生說是陽宅起在五絕地上，家主遭凶，日後難有子嗣，解破的法子，要在屋後野溪上架一道木橋，少不得要破費一大筆錢財；湯一劑來宅替貴財搭脈，說是他五臟虧虛，鬱火上犯，還是要補，——當然是依樣葫蘆，還開那種單方。

這樣拖過了一夏天，貴財的病毫無起色，整個宅子裏，連一絲生氣也都滌盪盡了。

老夫妻倆商議過，貴財委實是個好女婿，跟月嬌若沒有那麼深的情份，怎會爲她病成這樣？假如他能好轉，爲了親情不斷，打算再把月豔許給他作爲續弦，就因貴財的病沒好，不便把這層意思透露給他聽。

「我兩人儘打如意算盤，」老太婆跟她丈夫說：「這事沒跟貴財提出之前，總得先問問月豔，看她願不願意，要不然，即使貴財答允了，她不肯，也是空的。」

「笑話了！」梁老頭兒說：「當初許月嬌，也全是我一句話說定了的，並沒問過月嬌，父母替她們挑揀的人，哪還錯得了！……貴財跟月嬌成親之後，還不是恩恩愛愛的，甜蜜得很，如今落得這樣，只怪月嬌福薄，在陳宏記布莊復業前，淒淒慘慘的撒手去了。」

「我也懶得跟你爭執這些，等貴財病好了再說罷，月豔若真肯聽你的話，那當然更好。」

「貴財如今有病，還不都是月豔在照應他，姐夫續弦娶小姨的，世上也多得很，改改名份，更親熱一層就是了！」梁老頭兒說：「強如日後貴財再娶旁的人，那可就算斷了這門親。」

商議儘管商議著，始終沒機會提起，湯一劑哪怕改名爲湯十劑呢，對貴財的病也毫無幫助。早先月嬌在世時，他偶爾吐了血痰，還可以掩飾掩飾，不讓月嬌知道，如今他躺在床榻上，月豔替他在床沿踏板一端放了痰盂，一口一口的血塊落在清水裏，是再也瞞不過誰的了。

一連多天的連陰雨，把滿院子的苔痕泡成一片陰綠色，貴財靠在榻端的軟枕上，失神似的，成天朝窗外望著，虎頭瓦下的簷瀝，淅瀝淅瀝的滴著，從撐起的油紙窗裏看出去，正好看見後院子的那一角：牆缺口，葡萄架和那口綠釉的荷花缸；灰雲低壓著，綿綿的雨絲裹著一層霧氣，使那些景象蒙上一層陰陰的鬼綠色，和他曾經有過的那些噩夢直接通連著。

自從發現月嬌的遺物——那支隆昌銀樓打製的金簪子，一種由悔愧而生的犯罪感就沈沈貼壓在貴財的心上。

尤其到了黃昏時分，屋裏還沒點燈，那種陰森的冷黯，一直逼上人的眼，雨天的黃昏光，灰裏揉著綠，說多慘淡有多慘淡，簡直跟他心頭的噩夢一樣顏色。賭鬼王二的臉，大寡婦和月嬌的臉，就在那片顏色裏浮現出來，懸空晃盪著，初看是活人的臉孔，眨眼又變成七孔流血的鬼臉，一直飄到窗子前面。

那片黯黑是無數繩索，把人捆纏著，他遁不脫，也推不開那幾張懸空飄盪的鬼臉，明知那不是真的，只是心裏溢出的幻覺，但仍使他感到懼怖。

「燈……啊……燈……」貴財會不自覺的這樣呻吟。

總是小姨月豔趕進房來點燈，用那點兒黃黃的光燄剪破屋裏的黑網，那光亮揭開他胸脯上恐懼的重壓，使他能換得過氣來，由癡迷變成清醒的虛軟。

「外頭還在落雨？」他說。

「落落停停，」月豔說：「這陣子，又小些兒了。你剛剛是做惡夢來？一頭的虛汗。」

惡夢嗎？也許真的是做著惡夢，那幾張扁大的、扯歪的鬼臉，一度要撲進窗來，俄爾又遁進窗外的黑裏去了，貴財相信它們仍然會再回來，使他仍然陷進那種似醒非醒，似夢非夢的魘境裏去。

「我……我沒有睡。」他掩飾的說：「只是有些乏得慌罷了。」

「湯藥在熬著。」月豔說：「你可要先吃點兒什麼搪搪飢，灶上有現成的飯菜。」

小姨月豔的姿容模樣，在較早的日子，曾使貴財暗暗動心過，就好像他貪戀過月嬌的姿色一樣。她們姐妹倆，原就像打一個模子裏脫出來似的酷肖，尤其當她正面笑向著自己的時候，更和她已經死去的姐姐一樣的分不出誰是誰來，如今貴財突然怕看她這張帶笑的臉，她使他常常想起月嬌的生前。

「我不要吃什麼，」他低垂著眼皮說：「妳到外間去歇著去罷，不用爲我操勞了。」

「病了，總得有人照應著。」月豔站在床榻前，並不急著走開：「姐夫，也許你自己不覺得，我爹和我媽爲你的病怎樣著急，你一天不痊癒，我們就得留在這兒，……總不成把你單個兒扔下，要茶沒茶，要水沒水。」

「我怕我的病不會好了。」他軟弱的說：「空自吃了湯一劑的藥，不見一絲效驗。」

「你能不能把心放寬些兒？」月豔說：「我姐姐她若不死，你不會憂急得發了這場病，不是嗎？」

窗外的雨聲又變大了，風舌吹鼓著窗篷，使屋裏的燈燄搖曳著，滿牆都晃動起人和物的奇幻的黑影子。貴財閉了閉兩眼又睜開，眼前站著的不再是月豔，簡直就是月嬌，活活生生的月嬌。

他臉上的肌肉，不能自禁的強烈抽搐起來，恐怖逼著他，使他像離了水的魚樣的張闔著嘴唇，發出粗濁的喘息。幸好在這時候，小炭爐上的湯藥滾沸了，月豔才掀起布簾兒走出去。……

真的不行了！貴財心裏響著這麼一種聲音，對於小姨月豔所說的話，他無法答出什麼來，他永也不願透露埋藏在心底的秘密：他是怎樣在一種盲目的瘋狂的疑妒中謀害了月嬌的。他很恐懼這事一旦被人發覺後，他要擔當的罪名；但他又覺得，像這樣延宕著活下去，也真夠痛苦的。

白日夢是一扇開著的門，他時時踏進那扇門去，又時時從極度恐懼遁逃出來，這樣的進進出出，每天總要佔去一半以上的時辰。……那是很古怪的經歷，陰和陽兩個世界輪覆的替換著，使他發燒、暈眩、囈語，更加疲弱下來，那些疑真疑幻、似有還無的情景嚙食著他的血肉，使他只落下一副鬆皮包裹著的骨頭。

死亡，是一縷寒森森的細風，噓噓的吹進他的腦縫裏來，那正像乾縮變褐的葡萄葉子脫離了枝幹，飄飄的落到地面上，再叫另一陣風捲入泥濘；陰雨停了，秋也更老了，貴財心裏再沒有疑妒的火燄燒烤，變成一片空漠，只有了無生趣的寒冷，噓噓的，像幽靈吐氣。

說是責怨自己麼？已經太晚了！花團錦簇的轎子抬著青春美貌的新娘，在騰進雲端的鼓樂聲裏抬進宅來，那也曾是多年嚮往的，那時他並沒想到要用魚缸來了結月嫱！……前世的冤孽，也許只能這樣自圓其說了，但他明白，所以會有今天，跟他童年時目睹的那場血案互有關聯，那是不會錯的。

每一天總有那樣慘淡的黃昏，每個黃昏之後，總有那麼黑暗綿長的夜晚，那比傳說裏的刀山劍林還難捱過。他常常瞪大微凸的眼珠，失神似的癡望著後院的一角，牆缺口，葡萄架，和那邊深綠色的魚缸，望著望著，一條白糊糊的鬼影子就在眼底浮現出來，飄漾飄漾的逼到窗口，用灼灼如電的鬼眼逼視著他。

同時，他聽見彷彷彿彿的那麼一種喊聲：

「還我命來！還我命來！」

月嬌的影子剛剛隱去，賭鬼王二和大寡婦的鬼影又出現了，他們是無所不在的，他望著霞雲，他們的臉就現在霞雲上，他望著院牆，他們的臉就浮陳在苔跡，他閉上兩眼，他們的臉就懸掛在空無的黑裏。

「燈……啊！燈……啊！」

開初他還能用被恐怖逼細了的喉管，這樣微弱的喊出聲來，後來，當那些鬼靈在他周圍出現時，他的喉管被什麼一種力量緊緊的勒住，再喊也喊不出聲音，使他只有在孤獨和絕望中忍受那些，忍受鬼靈的咒罵和口口聲聲索命的折磨。

貴財心裏的秘密，都是在昏迷的囈語中，一點一滴的透露出來的，即使在大白天裏，他也會閉上兩眼，在喃喃的朝空招供著，源源本本的供出他的罪行；他怎樣斧劈大寡婦，毒殺王二，謀害他自己的妻子月嬌。他一忽兒作人聲，泣訴、求饒，一忽兒作鬼語，吐冤索命，……但沒有人會相信這些。

「貴財真可憐，他不知遭什麼妖物迷魘住了！」梁老頭兒說：「賭鬼王二叔嫂倆的凶案發生時，他明明不在鎮上，那事怎會是他幹的？」

「他沒有道理害死月嬌，」做丈母的也幫著說：「他跟月嬌小兩口兒的恩愛，我們知道。」

「妖孽作祟！」全鎮上的人都是這樣認定的說。

既然是妖孽作祟，就不得不花錢去請僧道來作法降妖，又是鑼，又是鼓，各種法器敲打得震天價響，但那對貴財是沒有用處的。他最後一次睜開眼，看見一爐紅毒毒的焚化紙箔的紅火亮在他的床榻前面，很多陌生的人臉被火光烤成奇異的紅色，其中有一張披散長髮的白臉——月嬌的臉，直逼向他，他摸著那支金簪子，用簪尖刺進他自己的喉管。

等月豔的叫聲驚動旁人，貴財已經完了，一道血流像是拖散的紅絨，從他的枕角直掛到床踏板上，一直到他斷氣爲止，兇手的罪名並沒落在他的頭上。

不過，陳宏記布莊的那幢宅子，從此就荒頹了，任它在傳說之中老去，遍生著野草。

從傳說的瓦礫堆裏，重新刨出這種霉斑遍佈的故事，究竟會有怎樣的意義呢？至多說是它比當今莽漢殺妻的新聞多一番曲折罷了，沒有人會從那些行爲背後去另尋隱秘，找出這類精神異態的人心理上或意識上的牢結究竟起自何處？這樣說來，古老的跟現代的，又有多少分別呢？

任何傳說都只是一陣風，自會吹過去的，它吹過去，不再留下什麼痕跡，故事永遠只是故事罷了。

銅山怒漢

民國十三年，北洋軍盤據下的河南鬧大荒，由黃河決堤所引起的水澇，毀了無數的村鎮與田野裡的稼禾；水災後勃發的大瘟疫，蔓延了七十個縣份，一般行商客旅不敢進入災區，怕染上無藥可醫的時疫。

災區不斷的擴大，在長期絕糧的情況下，竟有出賣活人，供人屠殺果腹的傳聞。……據說災區的人們為了生存，每家的父母不忍眼見子女餓死，為人子女的，同樣不忍眼見父母餓死，便爭著將自己出賣，甘願供別人屠殺果腹，而將所得，換買別人來屠宰，供自己的家人搪飢。這實在是人世間最悲慘，而又最顯示人性的方法，——萬不得已，才寧願犧牲自己，使家人得以苟延殘喘。

災區的人們，把上市互易，供人果腹的人，叫做「菜人」，而非「菜人」則不能以暴力屠殺，分肉而食。所以，有許多人寧願活活餓死，也不願為非作歹，由這種災荒，可以看出中原地域民性的剛強、正直和純良。

災區有一個縣份裡，當市上賣菜人時，那位北洋縣知事，仍然一日三餐白米飯，這消息走漏出來，引起無數飢民的激忿，他們乃結眾圍湧到縣衙去，責問縣官，為什麼不能與民同甘共苦？至少，他該把糧食勻出一些，熬些薄粥，分給那些將要餓死的老弱婦孺。

那個縣知事極為狡獪，他對災民說：

「你們千萬不要道聽塗說，把本縣長看成那種人，我要是自私自利的，早在災荒初起時就丟官不幹了，哪還會熬到如今，還守在衙署裡?!……聽說督軍業已拍電報到京裡去，賑糧不久就會撥下來，你們只能忍著，等著，本縣確是跟大家一道兒捱餓的。」

「天曉得賑糧什麼時候會到?」

「咱們不信您是跟咱們一樣的捱餓，您肥頭胖腦的，哪有半分饑相!」

「除非您跟咱們面對面的捱餓，那樣，咱們就是在衙門裡餓死了，也沒有話好講!」

一霎時，群情滔滔的，七嘴八舌嘈嚷起來。

「諸位請甭嚷，聽本縣說幾句話，」肥胖的縣知事舉起手來，壓住飢民的嘈嚷說：「賑糧究竟什麼時候到，本縣也不敢預斷，但本縣決心跟諸位一道兒在衙門裡坐守，餓死也不離開，——如你們所說：面對面的捱餓，總成了罷!」

縣知事這麼一說，飢民們全都鴉雀無聲了。如今雖不是前清，但一個北洋委放的縣知事，總是地方的首長，他能跟老民一道兒捱餓，大夥兒真是非常感動，餓死也沒有二話好說了。

很顯然的，肥胖的縣知事，和幾十個湧進縣城請求分糧的代表，就在縣衙大廳裡坐等起來。

飢民們盤膝趺坐在方磚地上，縣知事坐在他公案後的靠背椅上，他落座後，很歉然的跟那些飢民說：

「衙署裡粒米無存，本縣沒有什麼好給各位搪飢，但是，水總要準備的，杯水的情誼實在太寒薄，遇上這種天災，也是沒有辦法的事情，……本縣只好跟大夥兒一道，以杯水搪飢了！」

說完話，他便要馬弁搬來一口荷花缸，拎滿一缸水，放在大廳門旁，他果真靜坐不動，閉目養神，和飢民們一道捱起餓來了。

結結實實的捱餓一整天，飢民們親眼見到縣知事確是粒米沒入喉，當他們舀水搪飢時，當差的也只端給知事老爺一小杯溫水而已，……這樣熬到二天傍晚，有人把知事和老百姓一道捱餓的事傳揚出去，縣城大街上，有無數人跪在地上，拔茅草爲香，舉在頭頂上禱告上天，感念知事大人這份恩德，他們說：

「老天爺，萬沒料到在遍地起瘟，家家斷糧，人吃人的大荒年成，北洋地界上，竟有這樣一位縣知事？他都跟大夥兒飢同飢，渴同渴，咱們餓死了，也沒有什麼好埋怨的啦！」

肥胖的縣知事照樣每天兩杯溫水，和請願的飢民同熬了三天三夜，飢民們一個個的都餓死了，但那位知事大人依然故我，旁人迷信那是神佛保佑著他的。

不過到了第四天，縣知事說是他要進省去，代表民眾催賑糧，請血願去了。知事老爺捱了三日夜的餓，千真萬確，他去為民請命，當然是再好沒有的事情，他走時，老民還沿途叩頭跪送他。但他這一去，就杳如黃鶴，沒有下文了。民眾起了疑心，逼問那當差的，才把真相弄明白，原來當飢民飲水搪飢時，知事大人喝的那一小杯，並不是溫水，而是千年老鬚參熬出來的，濃濃的參汁，人有那種參汁維持，甭說三天三夜，熬上一個月，也不會死掉，……所謂面對面捱餓也者，根本是彌天大謊，他進省請願是假，事實上，是收拾細軟，棄官潛逃掉了。

這一來，災民對北洋軍恨之入骨，連半點信心都沒有了。他們不願再留於災區，伸長頸子癡等什麼賑濟，他們能走的走，能爬的爬，漫山遍野的朝東南逃荒。

當年的夏天，最少有十萬以上的災民逃至江蘇北端，多風沙的古城——銅山。

黃河灘上

黃河在若干年前，從這裡流過，這條憤怒、狂野的河流，流經北國的心臟，也不知為北國的人們帶來多少災難？多少巨劫？曲折的黃河在某種傳說中，是一條不馴的龍，人們把黃河改道稱作龍擺尾，在悠遠的歷史當中，顯示了一項慘酷的事實；黃河這條巨龍，每擺一次尾，就要有千萬骸骨，被埋入一望無盡的水退後的黃沙。

黃河灘是一條乾旱多沙的黃河舊道，從九里山口迤邐東向，橫過銅山——北徐州的老城和新城的北方，再轉折南延，這可以說是龍尾掃出的災難的遺痕。

災民沿著河道跋涉，一路遺下餓斃的屍體，滾滾的投向鄰省的大邑。原指望能得到這兒的官府衙門撥糧救濟的，誰知當地的北洋駐軍恐慌萬分，下令關閉城門，並且張貼告示，以防止疫症擴大傳染爲由，堅拒災民入城；同時，派出大隊把守府庫，嚴防災民搶糧。

這樣一來，十多萬災民便只有在荒浩浩的黃河灘上停歇下來，有的搭蓋圓頂蘆棚，有的露宿在沙地上。他們人數雖多，但有許多生瘟染病的，也有餓得站不起身子，只能膝地爬行的；即使是年輕壯漢，也經不得長時飢餓和長途跋涉，走路兩腿打浪，渾身虛軟了。在這樣情況下，他們怎敢硬闖北洋軍輕重機關槍的槍口呢？

人只要有一口氣在，總是要謀活命的，好在附近的村落有草有樹，他們便以野草根、樹皮樹葉、觀音石粉暫時充飢。其中有若干人家，帶著拖長辮子大閨女逃荒出來，也有新婚小兩口兒，妻子不忍見丈夫餓死的，他們便在黃河灘頭陣陣風沙裏，設了一個新的人市。

這一回，他們不是再賣供人屠食的菜人了，而是賣兒、賣女、賣妻子。他們在灘頭的沙地上，用木頭搭成一個個門形的架子，架上掛了一張破蘆蓆，被賣的人，頭上插草為標，盤膝坐在草束上面，由他們的親人一面流淚，一面以哽咽的嗓子喊價標售。

聽罷，那種種用土腔土調喊出來的，能撕裂人心肺的聲音，彷彿是一種刺人的哭號，又是一首出自泥土的人類傾靈吐腑的哀歌，總是號泣和歌吟混合的、不類人聲的調子，包含了淒切、哀楚，和難分難捨的親情劈裂的痛傷，在北方，它們確曾那樣，在虎吼的風沙裡飄響過……

「有財有德的老爺唉，東邊大荒西邊荒，人在劫裡沒辦法，親身骨肉也顧不了啦！這不是賣兒賣女，是央求老爺們行善積德，買了去養著不死。咱們做父母的，雖是骨肉連心捨不得，也沒旁的辦法！日後他們不能回籍上墳，拜祭咱們兩老，隔著千里地，能喊一聲親娘老子，咱們埋在地下，一樣聽得分明……」

「老鄉唉，請到這邊來啊！咱是老漢李有才，這邊坐的是咱的親閨女李香香，十八歲，沒婆家，好模好樣的，一條辮子像是烏雲，她會粗針細線，煮飯燒茶，老爺子買了去做女兒，管包她會早端飯食，晚端茶，百般地盡孝心。年輕的爺們，要是論嫁娶，結門親，您就領了去，不要一文錢。有錢老爺買去當丫環使女，也行，她起得早，睡得晚，做事情，又麻溜，又乾淨……只要她能活得好，留得命，強如留在咱身邊，見她挨餓咱心疼哪！」

「看完了那邊到這邊罷！人心都是肉長的，賣兒女，割心肝的事，咱這個孩子，獨種一條根，哪位菩薩心腸的老爺太太，行好積德，把他買去養活，不但救他一命，也救咱們全家……」

風揚的砂粒，簌簌有聲的鞭刷著草蓆，那些插草為標，被賣的少女和孩童，忍著飢，熬著渴，低垂著頭，默然等待著未來不可知的命運？

由於大荒年，飢民們設立的賣人市場，使得黃河灘上熱鬧起來，許多人都好奇的湧到那邊去看看究竟。

當然，有人心懷惻隱，買了飢民的兒女，拿他們當作自己的兒女看待的；也有久婚不育的中年財主，買了飢民的閨女去當小星的；有人買了小廝閨女，回去做奴做婢的；最糟的是金谷里（徐州風化區之一）來的，假仁假義的老鴇子，連哄帶騙，把災民的閨女買了去，做出賣皮肉的娼妓。

這市場賣人的消息，很快便傳到北洋軍一些騷狂的軍官的耳朵裡去。守北門的北洋軍有個連長，一臉的麻皮，人都管他叫麻皮劉二虎，這傢伙平素窮凶極惡，貪酒好色，一般百姓聽著他的名字就皺眉頭。

他在北大街的酒樓喝酒，碰著團部諢號叫包打聽的副官童武。童武招呼他說：

「二虎老弟，我有個消息，正好要告訴你吶！」

「甭賣關子，老童。」劉二虎說：「有啥事，你就直說吧！」

「嘿，瞧瞧，有這樣叫人站著說話的，你不請我老童喝一壺，我掉臉就走！」

劉二虎曉得童武這一套，急忙拖張凳子，叫人添酒，央他坐下來說話。

童武說：「老麻皮，你這個色鬼，家裡娶了兩三個，還常到金谷里去打轉，想嚐新的，這下機會來了！中州逃大荒的人，活賣拖辮子的大閨女，上得畫兒的，也只三五塊洋，……這比你上金谷里去點紅蠟燭的費用還省，你何不買她幾個回來玩玩，玩膩了，轉賣到金谷里娼戶，非但不折本，還能賺上幾文呢！」

「嘿嘿，有這等好事？」人說：十個麻皮九個騷。劉二虎一聽說女人，粒粒麻塘都泛出興奮的微紅來，他興奮自管興奮，仍用懷疑的口吻說：「老童，真它娘有這等好事，你還會在這兒坐著？只怕你早就先搶著選人去了！」

「你以爲我沒選過？」童武說：「我是買了人，嚐了新，才來告訴你的。你若有意思，咱們便騎馬去看看，那邊的貨色很多，你不難選到中意的。」

這兩個傢伙喝得酒意醺然，帶著幾個隨從的兵勇，果真到黃河灘的人市上來了。

那時是半下午，天色陰霾霾的，風勢勁猛，貼地捲著塵沙。麻皮劉二虎走到一處的蓆棚子前面，看上了一個閨女，那閨女雖在沙風裡坐著，滿頭滿臉落了一層白白的沙粉，但她端秀的臉廓，明亮的黑眼，仍然顯露她不凡的姿質來。閨女的身邊，坐著一個老頭兒，原在喊著什麼，看見劉二虎他們過來，便頓住口，不出聲了。

「哎，老頭，這個雌兒是你什麼人？」劉二虎用鞭梢指著那老頭兒說。

「是我閨女。」老頭兒說。

「你要把她賣掉？她頭上插著草。」

「不錯。」老頭兒說：「遇著大荒年，親人養不活，賣掉她，算是替她放生，這市場上，凡是插草為標的，都賣。」

「我打算買她。」劉二虎說：「多少價錢？」

「價錢是看人定的，」老頭兒抬起頭來，看了劉二虎一眼說：「她是人，不是貨，得要她本身點頭願意，才能談價錢。比如有年老沒子女的，買她去做義女，是一種價錢。有些年輕漢子，忠厚老實，她看得上眼的，只要對方存心娶她，我甚至不要錢。有錢的財主老爺，買她去為奴作婢，當然我得要出高價。雙方條件談妥了，訂了契約才算數，這跟買東西不一樣。」

「真它娘奇聞！」劉二虎說：「賣人就是賣人，哪還有這許多繁文縟節，老子挺不耐煩。我叫劉二虎，是北洋駐軍的連長，我要買她，要你開價，你聽著沒有？」

「你甭發威動火性，」老頭兒說：「你要買人，就得依照條件，逐一的談，你不能強著咱們逃荒的，瞧你這種兇巴巴的樣子，這交易談不成了……我收攤子，不賣了，總成。」

「嘎！有這等事？你以爲大爺的洋錢是假的，我是將錢買貨，高興納她做小，你管不著，老子今天看上了她，你非賣不可！」

「我說不賣就是不賣。」老頭兒的肝火也熾旺得很，一絲都不肯退讓，他說：「咱們是死過多回沒死掉的人，受你們北洋軍的氣，受得太多了！走遍天下，也只一個理字，誰也不能把它倒著寫，我有理站得正，難道還怕你不成?!」

雙方這樣大聲吼叫著一僵持，眾多的飢民都湧匯過來了。劉二虎一向是心高氣傲的傢伙，仗恃著有槍在手上，哪會怕那些面呈菜色的餓民，他拔出槍來，指定那老頭兒說：

「老傢伙，你替我乖乖的聽著，我一不偷，二不搶，按照五塊大洋的價錢，把你閨女給買下了！錢，我扔在地上，這雌兒我要立時帶走，你若不服氣，儘管到衙門告我去！哪個衙門都行，——只要它們能辦得了我！」

他說著，果真掏出一疊銀洋來，撒在老頭兒面前，朝兩邊一呶嘴，他那些隨從的兵勇，就上前去架起那個閨女。

閨女一張臉嚇得白煞煞的，大聲嚷著救命！那老頭兒撲上去拖曳他的女兒，被劉二虎攔腰一腳踢倒在地上，他掙扎著朝起爬時，另一個兵勇搗了他一槍托，把他重新搗得趴在地上起不來。其餘的饑民都是婦孺老弱，無法在槍口的威逼下救人。不一刹功夫，童武和劉二虎兩個，就把那閨女給搶走了。

「你們敢？……你們……敢?!」那老頭兒仍然掙扎起身來，嘶啞的叫著：「你們這些畜牲！……她是人哪！」

他那種聲音捲進風沙，飄著，撞出空幻的迴音來，但伴著那叫喊聲的，是一串醉意的獰笑和一串遠去的馬蹄。

這跟人被狼啣去，虎叨去沒有兩樣。

燎原之火

饑民們在生死邊緣上，挖心割肉的出賣兒女，原指望善心人領去養活，使他們不致全家餓死。但決不願有人仗恃財勢，把人閨女買去淩辱。麻皮劉二皮這種逞兇的作法，激起災民們極度的憤慨。他們成群成簇的聚在一起，咒罵著，吼叫著，有的揎拳抹袖，要去找劉二虎去拚命的。但他們都是婦孺老弱居多，又一直忍飢捱餓，走不動路，直不起腰來，哪能衝著北洋軍的槍口，到城裡去找劉二虎拚命呢?!

他們正在嘈嚷，就聽有人說：

「你們不要空叫喚，業已有人把這事告訴趙擎天趙武師去了，他一路護著咱們過來，唯有他能拿出主意。」

「趙武師跟他的朋友來啦，」有人說：「咱們聽聽他能拿出什麼樣的主意來罷！」

在這許多災民裡面，提起趙擎天來，沒有誰不聞他的名的，大夥兒都知道他是中州的人豪，拳腳武技，無人能比。但他只是開武館授徒，從不在江湖上走動。這回鬧大荒，開始時，他曾以餘糧放賑，前後放了十九天；後來，餘糧放完了，連他自己也變成飢民，他領著兩個拜兄弟，諢號「出閘虎」的祝申，和諢號「過街虎」的孟七，還有幾個徒弟，跟飢民裹在一起朝東逃，落腳在老黃河灘上。

「列位鄉親長輩！」趙擎天來到人群當中，強自按捺著性子說：「北洋軍裡的麻皮官兒，仗勢欺人的事，我聽說了。如今他們關上城門，架起機關炮，藉著防疫爲名，不讓咱們進城去，甚至連一粒米都不肯撥來賑災，咱們要是硬闖，人身都是肉做的，再怎樣也搪不住槍子兒！如今，咱們得忍耐點兒，先挑出年輕結壯的，每人找根棍棒，編成隊伍，攫著機會再動手奪槍；一方面找那麻皮算帳，一方面破官倉，搶糧活眾。要是一味嘈嚷，那只是烏合之眾，成不了事的。」

「趙武師說得不錯！」一個老頭兒說：「要是不忍氣，硬拿人身去撞槍口，那是不成的。咱們就照趙武師所說，先編起隊來，每人削支木棍準備著，只要北洋軍敢出城，咱們就先設埋伏，打他個措手不及，……能奪得他們的槍枝，事情就好辦了。」

「對！」另一個說：「他們有槍，咱們有人，十萬飢民聲勢大，諒他們也不敢大開殺戒，咱們只要他們撥糧出來救災，捆出那麻皮，逼他把被搶的閨女放回來就成了，要不然，咱們只有硬拚啦。」

「只要編成隊，進退有序，有個仗陣在，徒手一樣能抗得洋槍。」趙擎天說：「想當年各地起刀會，跟有洋槍的桿子們對陣，還不是照樣打得他們狼煙奔竄！人，只要有膽氣，臨陣不慌不亂，不是不能勝過北洋軍的。……不過，豁命拚搏，只是不得已的辦法，咱們不妨一面準備，一面糾合幾個代表的，到那邊先跟對方講道理，要是守城的能按咱們的條件，放回閨女，撥出賑糧，嚴辦肇事的麻皮，咱們就不必找仗打了。」

「那當然。」好些人附和說：「咱們只是逃大荒，求活命的，誰願沒事找事，只要不受人欺逼就成啦！」

趙擎天聽大夥兒這麼說，當時就在風沙裡挑人編起隊來，臨到黃昏時分，一共糾聚了近兩千漢子。分爲三大股，九小股，使用削尖的木棍當武器，敲掉油瓶底兒當成螺角，撕開被單當旗號，成立了災民防衛團。同時，在當天的傍晚，趙擎天就到了銅山北關外面，見了北洋軍的哨兵，指名求見北洋駐兵的統領。

「咱們是代表飢民來的，」他說：「十多萬受災的露宿在黃河灘上，有的生瘟帶病，老弱婦孺都熬飢受寒，你們關城門，鎖米倉，不撥一粒糧來賑災，咱們都忍氣吞聲沒講話；今天卻有個麻皮官兒，到黃河灘的人市上，硬搶奪人家的閨女。咱們要見你們的頭兒，當面把話說明白，他要是講理，就得依咱們的條件，把被搶的人放回來，嚴辦肇事的；要不然，咱們只有被逼上梁山，豁命玩了！……煩你通報一聲罷！」

「我看這事行不通，」一個哨勇說：「實對你說了罷，你說的麻皮官兒，正是咱們的隊長劉二虎，他自己幹的事，怎會肯朝上頭去講？」

「好！」趙擎天說：「冤有頭，債有主，事情既是他幹的，咱們也算找對了人了！……你就通報一聲，說外頭有個姓趙的找他談談，他有人有槍，用不著畏首畏尾，咱們倒要看他怎麼說？」

哨勇通報不久，麻皮劉二虎出來了。隔著鹿砦和木柵門，他翻著爛紅眼說：

「真沒想到，剛娶個姨太太還沒圓房，外頭就有人來認親戚的？……是大舅子？還是小舅子?!」

「姓劉的，少麻狂！」趙擎天亮聲打話說：「人都是人生父母養的，你也是有姐有妹的人，難民求生，插草賣人，已是天下至悲至慘的事了，即使賣人，也要雙方情願，講妥了簽契畫押，才能成交，你強捺牛脖子飲水，搶奪人家的閨女，太沒來由了！」

「你不是來認親的，是來算帳的？」劉二虎笑笑說：「你說話可得謹慎點，小心我敲掉你的門牙！……老子扔五塊大洋買的人，誰敢說是搶的？你告狀告到我這兒來，我不受理，你又打算怎樣呢？」

「我哪能怎樣？你是有槍有馬的隊長，咱們是忍飢捱餓的災民。」趙擎天忍著氣，冷峻的說：「俗說：多行不義必自斃，到時候，你是逃不了的。」

趙擎天冷峻的聲音裡，飽含著鬱勃的憤怒，他的身影在迷漫的風沙裡消失了，隨風盪起的，是劉二虎恣意的笑聲。

但紙總是包不住火的，劉二虎儘管兇橫，也無法隻手遮天，駐軍的旅長很快就知道了這件事。他著人把麻皮劉二虎叫了去，狠刮了一頓，摑了兩耳巴，踢了兩皮靴，但這位旅座大人對於這類的事一向大而化之，只要他摑了人，消了氣，也就算了了事了。

不過，接著他接到報告，說是災民組織了防衛團，用木棒作武器，吵著要搶糧。

這事使他大爲光火，也顯得緊張，因爲，他雖名爲一個旅，實則上，一共只有幾百條槍，災民人數太多，聲勢太大，他不願跟災民掀起正面衝突，但也不願向災民表示低頭退讓，尤獨是要他開倉放糧，那可比拎刀割肉還要使人心疼，這個難題可把他給難住了。

他抓著頭皮，又著人去找劉二虎，拍著桌子跟他說：

「麻皮，事情是你惹開頭的，你得幫我拿主意，看是怎麼對付才好？」

「報告旅長，我倒有個辦法。」劉二虎說：「銅山多的是善心的富戶，您只要放出一句話，准許民間放賑救災，一定有人會到黃河灘去設賑，糧和米，讓他們出，咱們還是不動一粒糧，災民能有碗稀湯喝，就不會冒險豁命，找著咱們來了。」

「嗯，這倒是個辦法。」旅長翹起小鬍子樂開了，但他忽又斂住笑容，認真的說：「還是不成！……那他們成立什麼雞毛子防衛團，早晚總會生事的。」

「這個，您甭擔心。」劉二虎說：「咱們儘管表面上按兵不動，但可以暗中派出便衣密探，混到難民群裡去，來個明查暗訪，查出領頭的傢伙，就打蛇打頭，把他捉了進牢房，蛇無頭不行，鳥無頭必散，其餘的人，那就不足畏了。」

「好！好！」旅長點頭說：「這真是個好主意，軟中帶硬，準能剋住他們！」

這話說了沒兩天，告示果真上了牆，說是災民麕集，無草無糧，盼當地士紳富戶能一伸援手，賑濟受災黎庶……。完全是一派冠冕堂皇的話，而那個小鬍子旅長大人，正瞇瞇帶笑的吩咐劉二虎，要他選出帶短槍的密探，混到黃河灘的難民群裡去踩底，到時候，好捉拿領頭起事的人。

他笑著，像坐在網裡的蜘蛛，正在等待著撞進網裡來的蒼蠅。

設賑者

北洋軍爲了保住官倉的存糧，小鬍子旅長出了個主意，利用民間對災民的同情心理，讓銅山城的富戶，自由在黃河灘上設賑。銅山城的士紳，爭至黃河灘災民區設賑的，一共有十八家之多，災民們統稱它叫十八家賑棚子。其中最大的一家賑棚，是雲家設立的，那處賑棚子，就設在原先賣人的市場上。

提到雲家這一族，在銅山城極有名氣，雲家不是本城人，祖籍河北省邢臺縣，後來因爲爲官，遷到山東，再遷到銅山來。雲家如今當家作主的，是他們的族長雲震風雲老太爺，這位雲老太爺在北五省經營了十三處錢莊，產業之大，沒人能估得出數目來。

不過，頭幾年裡，雲老太爺騎牲口看田莊時，得了中風的毛病，臥床不起，便把管家主事的差使，交給他最小的兒子，——也是唯一留在他身邊的兒子雲從龍的身上。這位被人官稱雲家么少爺的雲從龍，被雲老太爺送到南方去唸大學，回來以後，在銅山人的眼前，一變而成新派的人物了。

雲從龍的一身穿著打扮，是異乎常人的。炎夏裡，他戴的是白色拿破崙帽，白紡綢的對襟短衫子，只有三個盤著梅花形的扣子，下身是白短褲，白鞋白襪，顯得英挺、俊俏，和幾分瀟灑的韻味。

他經常外出，在各方面活躍著，有時去茶樓，有時去賭坊，有時和小鬍子旅長躺在煙鋪上聊天，有時在金谷里設宴，狎妓尋樂。但他凡事都行雲流水，並不認真和著迷，有時候，他會忽然扔棄這些，到貧民窩裡去，贈送貧病人家的錢米，因此，銅山一般民眾都說雲家么少爺是個有仁心的人。這回放賑救災，就是雲從龍做的主。

雲家賑棚子是用蘆蓆搭成的，中間是一座巨大的圓形棚屋，設灶熬粥，四邊各伸一道長廊，那是方便排隊候粥的人，使他們在等候時，有個遮蔽風雨的地方。

每天清晨，天還沒大亮，雲從龍便領著僕從，使一群牲口載運柴米，親自到黃河灘上去監督放賑的事，直到黃昏日落的辰光，才轉回城裡。

這時候，黃河灘附近的災民靠了十八家賑棚子早晚施粥，暫時還能略解飢渴之苦，因此，賣人的市場便自然停歇了。但其中部份領頭的人做過聚議，趙擎天武師認爲放賑只是短期救急的辦法，民間雖有不少善心的富戶，不過民間的資財究屬有限，沒法子長時間解除許多萬人的困境；同時，麻皮劉二虎搶奪民女小荷，也非救回來不可。

「我們非要逼使北洋軍開官倉的糧米賑災不可！」一個說：「要不然，民賑停了，我們仍是死路一條！」

「想跟小鬍子旅長善來善往的打交道，那是與虎謀皮！」另一個老頭兒說：「你們沒想想，封官倉，閉城門，把咱們困在黃河灘上，這些都是小鬍子一手造成的，他連麻皮劉二虎那種樣的手下，都閉著眼包庇，還有什麼道理好講的?!」

「對！咱們只有鐵匠做官——打上前去才成！」剛猛的祝申說。

「猛打猛衝也是不成的，」穩沈點兒的孟仲說：「無論是打開官倉，或是對付劉二虎，咱們都得先差人混進城去，弄清虛實才好行事。如今他們把城門封閉了，出入檢查得很嚴，有什麼辦法可想呢？」

他們圍聚在棚屋裡，燈籠光影綽綽的，閃動著巨大的人影。趙擎天盤膝趺坐，瞑目沈思了一會兒，忽然抬起頭來說：

「我倒想起個辦法來了，……雲家的么少爺雲從龍，也許會幫咱們一點忙，我打算明天去拜訪他，跟他談談，他是飽學的人，不會站在小鬍子旅長那一邊的。」

「這倒是個可行的主意，」孟仲說：「不過，您得小心些，小鬍子旅長差出的密探混跡在人群裡，到處都有他的耳目，事情要是露了底，雲從龍幫不了忙不說，只怕還會受牽連，咱們沒道理牽累人家。」

「你們放心好了！」趙擎天武師說：「我設法單獨拜訪他，不會使雲家么少爺受到牽連的。」

這話說過的第二天，趙擎天武師果真去拜訪雲從龍去了，兩人究竟談了些什麼，外人不得而知。但就在趙武師拜訪過雲從龍之後，小鬍子旅長那邊，彷彿知道什麼風聲似的，派出一批便衣密探來，對趙武師動了手。

那天黃昏時，正是各賑棚子放晚粥的時辰，在雲家賑棚子附近，這批密探釘住了趙擎天，並且亮出傢伙來要捕拿他。

趙擎天算是眼明手快，飛起一腳，踹飛了一個密探拎在手裡的匣槍，又掄拳打倒了另一個，十多個密探立即從四面圍擁過來，打算活捉他。趙擎天一瞅光景不對，便利用大陣的人群做掩護，轉身就從雲家賑棚子那邊逃過去，那些密探們一聲吶喊，跟著猛追。

災民一瞅北洋軍又在這兒緝捕人了，被緝捕的，又正是他們所熟悉的趙武師，於是，他們便想一個法子：那就是當趙武師奔過來的時候，災民們便像新犁耕鬆土一般，紛紛閃讓；但等著北洋軍的密探追來時，他們便一擁而前，擋住追者的去路。

這批密探，正由劉二虎領著；劉二虎自打搶走了閨女小荷後，一直忙碌著，還沒能擺酒宴客，把小荷收房。他之所以沒這麼做，主要的原因是他的心定不下來，暗暗的恐懼著黃河灘上的災民會找他報復，尤其是對趙武師、祝申、孟仲這幾個人，更爲忌憚，因此，他便自告奮勇，想先把趙擎天擒服，縛送到小鬍子旅長那兒去，把腦袋給砍掉。這一回，好不容易的攫著了機會，怎肯讓對方在他眼皮底下溜掉？他一面追，一面高聲叫喊著：

「夥計們，你們得盡力去捉那個姓趙的，誰先捉住他，誰就有昇賞！」

人說：重賞之下，必有勇夫。這些密探仗著手裡有槍，一心貪圖昇賞，便不要命似的猛追過去。

但趙擎天卻不是一盞省油燈；最先追過去的三個，眼看快要捉住他了，趙武師一轉臉，使其中的一個雙手捂著臉，仰面八叉的躺在地上打翻，一身沾著黃沙，像一條裹了麵粉待炸的活魚。另一個手抱肚子蹲在地上搓揉，一支匣槍也飛到人叢裡去了。

第三個膽戰心寒，不敢再追，便也順勢蹲身，安慰他那兩個受傷的難友去了。

趙擎天也許是跑錯了地方，一頭栽進雲家賑棚子，背後追來的麻皮劉二虎說：

「夥計們，把賑棚子替我四面圍住，我今天非要把姓趙的活捉回去不可！」

這當口，雲從龍正和趙擎天面對面的站著。

「動手吧，雲少爺，我業已把劉二虎引過來了！」趙擎天說：「不管冒多大的風險，我非得先進城不可！」

「您儘管放心，」雲從龍說：「我自有辦法，讓小鬍子殺不了你，……他的獄卒，我都疏通妥當了！」

當劉二虎所率的密探十幾支短槍逼進圓形的棚屋時，他們都楞住了，原來雲從龍雲少爺，正跟趙擎天乒乒乓乓的打成一團。雲從龍使的是他從不離手的白漆衛生棍，而趙擎天抓的是一支舀粥用的長柄鐵杓頭。

趙擎天會武術，劉二虎是知道的，但這位一向斯文雅氣的雲少爺，竟然有一身超常的功夫，簡直出乎劉二虎的意料，——他甭說沒見過，平素也沒聽誰跟他說過。

四大鍋的熱粥分別在圓形棚屋的四邊滾騰著熱霧，場中的這場惡鬥，使得放晚粥的工作停頓了。劉二虎原想幫著雲從龍把趙擎天擒下來的，但兩人打得難分難解，使他根本無法插手。雲從龍的一支白漆手杖使得十分靈活，而趙擎天手裡的那柄鐵杓頭，也許不趁手，越打越顯得屈居下風。

「嘿，聞名中州的趙武師，我看也是浪得虛名！」雲從龍一面揮杖，一面說：「就憑你這點兒稀鬆平常的功夫，還想領著保衛隊造反劫糧？那可是做夢罷了！」

「姓雲的，咱們算是瞎了眼，把你當成好人，原來你是爲虎作倀的東西。」趙擎天說。

「嘿，罵得好！」雲從龍說：「你今天想走，卻是走不了啦，準備長索來！」

他這一聲叫喚，他手下的家丁便拉起數條長索來，朝趙擎天武師圍了過去。

這些牽索的漢子，顯然都是受過磨練的，幾道長索，絞成一座索陣，一經發動，他們便繞著人飛旋起來。棚屋的地方不寬，跳也無處跳，躲也無處躲，假如趙擎天的手上執的是吹毛利刃，那還有斬斷長索，設法脫困的機會，但他手裡只有一柄舀粥用的鐵杓頭，根本用不上。這樣，不一刹功夫，他身上便被長索一圈圈的捆住，像被捆緊的捆蹄。

「嘿嘿，了不得！咱們的雲少爺，今天總算讓劉二開了眼界啦！」臨到這時候，麻皮劉二虎才盪出一串哈哈，跑過來恭維說：「若不虧雲少爺您這麼協力，憑咱們這夥子弟兄，真還捉不住他呢！」

「哪兒的話，」雲從龍說：「就衝著我跟你們旅長的交情，這個忙，我也應該幫的。我聽說姓趙的領人起鬨，打算破城捲劫，我們都是銅山城裡有產有業的人，不能不協力捉拿他，送官治罪，……說來這也是爲本身打算。」

「能捉到他就好了！」麻皮劉二虎說：「人常說：蛇無頭不行，鳥無頭必散。拎下他的腦瓜子，其餘的亂民就造不起反來啦！」

「你們在黃河灘上公然抓人，膽子也太大了！」雲從龍說：「這兒的難民多是老弱，但等他們鳴鑼集眾之後，咱們甭說押不走人犯，只怕連自己也走不了啦！……要走，這就得急急的走才行！」

「不錯。」麻皮劉二虎也緊張起來：「雲少爺，你們也得一道兒走，假如落到亂民手上，這個擔子，我可擔當不了啊！」

他們押著武師趙擎天，剛離開雲家賑棚子不久，災民們便已把趙擎天被捉的消息，傳到祝申和孟仲的耳裡。

祝申氣得咬牙切齒，跺腳罵說：「這還了得？麻皮上回在這兒強劫民女，咱們還沒找他算帳，這回又公然抓走趙大哥，這還能過日子麼？」

「姓雲的更不該了！」孟仲說：「咱們原以為他能幫著飢民出力的，誰知道他竟助紂為虐，幫著小鬍子為惡，咱們捉住他，非剝他的皮不可！」

「走！」祝申更見火爆了，他潑吼說：「咱們這就響鑼集眾，火燒雲家賑棚子，準備攻城！」

麻皮劉二虎竟然在黃河灘的災民區裡，把趙擎天武師押走，而且捕捉趙擎天，又得力於雲從龍的幫忙，這消息已像一把野火般在人群中燃燒起來。他們明知道北洋軍有槍有炮，但他們仍決定攻城。他們砍伐木材，結紮雲梯，打起葵棒製成的火把，先舉火焚燒了雲家賑棚子，然後朝南拉過去，在銅山城外佈陣。

「小鬍子曉得咱們沒有糧，」孟仲說：「逼於形勢，咱們非速戰速決不可！咱們雖沒有槍炮，但有這許多人在，北洋軍那幾百桿槍實在算不得什麼；咱們不必怕他，咱們拿一條命換他一粒槍子兒，他們的彈藥也沒有那麼多呢！」

「咱們得讓小鬍子旅長明白：沒有趙擎天，咱們一樣不會散。」祝申說：「咱們仍得把話跟他講明，他們要是答允釋放趙武師，嚴辦劉二虎，交回小荷，開倉放糧，咱們就不會多爲難他，不然，豁命也得豁命了！」

在黑夜的風裡，雲家賑棚子被燒成一片塌天紅，災民集結了約兩萬人，朝銅山城北面壓了過去。

同一時刻，小鬍子旅長的私宅裡，正在爲捕得趙擎天設宴慶功呢。麻皮劉二虎把雲從龍如何協力捕人的經過，大大的誇張了一陣。小鬍子旅長樂得瞇上兩眼，捧著肚子大笑。這回設宴，雲從龍當然是個很出風頭的主客了。

「我說，雲老弟，你可是真人不露相啊！」小鬍子旅長首先在席上敬酒說：「平素看你文質彬彬的，哪像是個有身手，有功夫的人？能擒得住姓趙的，可不是簡單的事，你這回真的露足了臉了！」

「這只能說是僥倖，」雲從龍說：「姓趙的一時沒加防範，窩到圓形棚屋裡，沒有騰挪的餘地，要不然，這個大話我決不敢說。」

「我要把姓趙的砍掉腦袋，掛在竿頭上示眾，」小鬍子旅長說：「這叫殺雞儆猴，鎮壓鎮壓，你看怎麼樣？」

「當然是要辦的。」雲從龍說：「不過，我勸旅座不妨緩一緩，要曉得，趙擎天在災民群裡，很有影響力，您要操之過急殺了他，把災民激變了，他們有十多萬人，聲勢浩大，可不是鬧著玩的……」

「依你說，該怎樣區處呢?!」

「我看先押著再說吧。」雲從龍顯出很輕鬆的樣子：「橫豎人在您手裡，還怕他長翅膀飛掉?……只要押著趙擎天當人質，災民便造不起反來，他們總是投鼠忌器，您說不是嗎?」

「好！」小鬍子旅長豎起拇指來搖晃說：「好一個投鼠忌器，咱們今夜不提他，樂咱們的好了！」

災荒在遠遠的地方，災荒是黃河灘上那些災民的事。小鬍子旅長的宴席照例是非常闊綽講究的，四五盞大樸燈懸在客廳裡，一面吃酒，一面召來吹彈拉唱的助興。這位主客雲少爺在酒後忽生奇想，要到金谷里去狎妓取樂去了。

雲從龍還沒動身，外頭有人報進來說：「黃河灘的災民遷怒雲少爺，舉火把賑棚子給燒了，站在城牆上，都看得見漫天的火光。」

「這有什麼值得驚怪的？」雲從龍笑笑說：「那座蘆棚子算什麼？他們燒掉賑棚子，我就不放賑，省了我的米糧，餓了誰的肚子?!」

他這麼一說，引得哄堂大笑，有人說災民都是傻蛋，有人說這是自作孽，雲從龍就在這片笑聲裡辭出，到金谷里去了。

雲從龍剛走一會兒，又有人惶急的一迭聲報進來，說是災民無數人，業已拉近城北，他們帶有雲梯，打著火把，準備攻城了。

「不用理會那麼多！」小鬍子旅長說：「他們只要一攻，你們就替我開機關炮掃射，……他們這是餓漢，不謀算到官倉的米糧是不甘心的，咱們把米糧裝車北運，不用咱們打，硬餓，也會把他們餓死掉！」

說是這樣說了，當小鬍子旅長想到黃河灘上那些像百里聯營一般的棚屋，想到災民有十萬多人時，他也禁不住的暗捏了一把冷汗。他的隊伍雖說號稱一旅，其實，也不過千把人頭，幾百桿破舊的槍枝，這種場面，他從沒曾經歷過，萬一挺不住，日後他可就沒的好混了！

「報告旅座，」劉二虎見到小鬍子沈吟不語，湊過來安慰說：「雲少爺講的不錯，他們投鼠忌器，只是擺擺樣子，想讓您釋放姓趙的而已，不會真拿肉身拚子彈的。」

「閉你的鳥嘴！」小鬍子旅長心裡一煩，正找上一個出氣筒子，罵說：「這些事，都是你這傢伙招惹來的！你不替我上城守著，還有臉在這兒賣什麼嘴皮兒?!」

把痲皮劉二虎罵得縮著開溜了，小鬍子旅長又獨自打起算盤來。他不願意冒大險，跟災民發生正面衝突，但又不願意低頭認輸，像挖心割肉似的把官倉的米糧送給災民。那些米糧，是他費了許多精神，強征橫斂囤積起來的，也是他的本錢，他得採用談判拖延的方法，把災民吊住，趁機把這些米糧裝上火車，運到北地去；然後開倉，撥出爲數極少的餘糧，做做賑災的幌子，以平息災民的怨忿；然後，災民就是餓死了，也沒有旁的想頭了。

曲折

在一片火光的背景下，無數支葵火棒子做成的火把，連接成一條火龍，一路迤邐著朝南拉過來。這些沒有槍彈的災民，由於人數眾多，情急拚命，一樣造成了虎虎的氣勢，懾人心膽。

小鬍子旅長把他全部人槍都拉來據守北關和車站一帶地方。雙方還沒開仗，那些北洋軍就已經嚇得脊骨發毛，渾身打抖，幾乎連槍都抓不起來了。

「乖隆冬，他們真的反了！」童武跟劉二虎說：「他們要糧不要命，咱們得拿多少子彈打發他們？」

一向兇悍的麻皮，見到這種陣仗，一顆心也懸吊起來了，但他仍然嘴硬說：

「我不信他們真能造得起反來?!只要頭一陣用槍火把他們壓住，餘下的，就會知難而退啦！——人身子總是肉做的，硬朝槍口上撞，天底下還沒有那許多傻人。」

「不論傻不傻，」童武指著肚皮說：「餓會把人給餓瘋了的。咱們旅座把糧食攢得太緊了，若不略微放點兒糧出去，這事就很難擺得平了。」

而由祝申、孟仲分統的災民軍，當時並沒攻撲，他們在城外野地上列陣，和北洋軍形成了僵持的局面。小鬍子旅長很惶恐，親自上城巡視，那一野火把匯成的海，使他心驚肉跳。

「幸虧聽了雲大少的話，沒把姓趙的給斃掉，」他說：「這樣，多少還有些討價還價的餘地，他們若真的攻上來，我就先把姓趙的捆送到城上來，當成活靶，這些災民總會有些顧忌吧？」

「咱們旅座真是將星轉世，料事如神！」一個團長逢迎說：「真把姓趙的捆到城上，災民再多，也不敢動一動，姓趙的是他們的頭兒，他們當然投鼠忌器了。」

「無論如何，咱們嚴密防守，時辰拖宕下去，總對咱們有利的。」另一個團長說：「災民根本沒有糧食，民賑一停，他們都已面臨斷炊的景況，倘若他們不能速戰速決，不需咱們開槍，他們就會自己餓倒下去了。」

「不錯！」小鬍子旅長一聽這話，立時就來了精神：「這個『餓』字訣，也是一帖妙方兒，咱們只要耗它三兩天試試，就知靈不靈了！」

實在說，這些顧慮，對於祝申和孟仲來說，一直積鬱在心窩裡。假如趙擎天武師不被捉進城去，他們早就可以放膽攻城了。他們近十萬災民，本身沒有糧食，全靠十八家賑棚子施賑捱命，如今既已出動，唯一的方法便是速戰速決，而這樣一來，趙武師恐怕很難保得性命了！

「你瞧吧！北洋軍曉得咱們沒糧，他們會首先逼停民賑，硬用飢餓來困咱們的。」祝申說：「老大在他們手上，咱們又不能沒顧忌。這該怎麼辦才好呢?!」

「我看，咱們業已騎到老虎背上來了，民情激動，欲罷不能。等到天亮，咱們就搭長梯攻城，開官倉取糧，沒法子再顧趙大哥了！」孟仲說：「十多萬飢民，沒糧不能活，……日後趙大哥若有長短，咱們就找姓雲的和小鬍子兩個算帳！」

他們正在風沙捲揚的暗夜裡商議著，忽然有人來稟事，附著祝申的耳朵，悄悄的說了幾句什麼。祝申突變了臉色，挫響牙盤說：

「好大的膽子，姓雲的，居然敢出城到金谷里！老孟，咱們這就趕過去捉人去。」

「沒弄錯嗎？」孟仲比較穩沈些，抬臉轉問來人說：「你敢確定雲從龍真的在金谷里？」

「沒有錯。」來人說：「他每天都到棚屋來照應放賑的事，咱們有許多人都認識他。」

「那好，」孟仲點點頭，抄起一柄單刀來說：「這就值得咱們走一趟了。」

兩人正收拾著準備動身去金谷里，又有人急急的來報說：「也不知是怎麼一回事？那個姓雲的騎著牲口，直奔被大火焚燒掉的雲家賑棚子去了。」

「這就怪了？」祝申說：「姓雲的小子捉了趙大哥，他竟敢到黃河灘上去，是什麼道理？他難道不知咱們會對付他？」

「我也弄不清楚。」孟仲說：「他來黃河灘更好，咱們要他給咱們一個明明白白的交代，問他爲什麼要幫小鬍子旅長的忙，幹下這種顛倒的事?!」

黃河灘上的夜風更猛，飛絞著沙煙，渾渾沌沌的一片。祝申和孟仲兩個亮著刀，回奔到黃河灘上來，看見風沙裡影影綽綽的亮著一盞燈籠，一匹大青騾子拴在被火焚毀的雲家賑棚子外面的短樁上。而那位雲從龍雲少爺，穿著一身皂色的湘雲紗褂褲，拎著那支白朗寧手槍，把燈籠懸在另一支木樁上，在悠悠閒閒的踱步呢。

「呔！姓雲的，小子！」祝申首先竄過來叫說：「咱們算是瞎了眼了，一直把你當成好人看待，原來你拿施賑做幌子，替小鬍子臥底來的！你捆走了趙武師還不夠，還要到這兒來捆咱們？」

「你敢情是祝二爺了？」雲從龍轉過身子，面對著祝申說：「你說話能否客氣點兒，我既能趁夜趕到這兒，就料著你們會來找我，有話，不妨慢慢的講，你們還怕我跑了不成？」

「諒你也跑不了！」祝申嘿然冷笑一聲說：「我問你，姓雲的，你們一族，在銅山也算是有頭有臉的顯紳，你存心幫著殘民以逞的小鬍子和劉二虎，捕去趙武師，這是什麼道理?!」

「問得好！」雲從龍說：「我確是存心如此的。」

「老子剁了你，」祝申翻起眼一嚷，便掄著刀砍劈過去。

「慢點兒，」孟仲跟著竄過來說：「咱們要留活口，問出趙大哥如今被押在哪裡了。」

在孟仲的眼裡，這個雲少爺是個文弱的人，怎會擋得住出閘虎祝申掄刀砍劈的？誰知孟仲還沒來得及阻擋，祝申業已掄刀砍劈了過去，這當口，出乎孟仲意料的事發生了，——雲從龍竟然一側身，朝斜裡跨步，舉起他的白漆手杖，噹的一聲，把祝申的單刀封架開去了。

「嘿，」祝申冷哼一聲說：「怪不得你有這個膽子，原來你是練家！老子倒要試試你有多大的能爲?!」

「不要逼得我動手，祝二爺。」雲從龍說：「你們趙老大來求我設法助他進城，我才想出這法子，如今他下在監裡，看守他的人都經我打點過了。你們若不肯相信，去一個跟我進城會見他，就明白啦！」

「你就舌底翻花，也休想讓我聽信你！」祝申說：「今夜我非劈了你不可！」

祝申刀法精純，力氣又猛，一口刀霍霍生風的直逼著雲從龍。對方覺得這個傢伙脾氣火爆，又不講理，非得逼自己動手不可，便舉杖震開對方的單刀，一回手，從白漆杖裡抽出一柄閃著藍光的劍來。祝申這才明白，對方的白漆手杖，原來是秘密的兵器，俗稱二人奪。對敵時，從杖裡抽出劍來，必要時，可以劍杖並使，通常使用這種兵刃的，都是精練武術的人。

祝申一向心高氣傲，這回遇上了勁敵，一輪緊打急攻，沒佔著一點便宜，越發動了火性，一面揮刀，一面叫罵著。

孟仲看到這情形，不願冒失的動手，急忙橫刀把兩人隔開說：

「祝老二，甭這麼莽撞！我想，雲少爺黃夜到黃河灘上來，也許有他的道理，咱們不妨聽他把話說完。」

「我說了，他偏不信，有什麼辦法?!」雲從龍說：「祝二爺沒想想，我們雲家一族，譽滿銅山，怎會跟小鬍子那種人同流合污？……趙武師要進城救回閨女小荷，唯有用這種方法，才能瞞得過北洋軍的耳目。我料定你們必會火燒賑棚子，這樣一來，小鬍子旅長更不會懷疑到我頭上了！」

「雲少爺若真有心幫助咱們，就得替咱們拿主意了。」過街虎孟仲說：「照眼前的光景，你說，咱們該怎樣辦才好呢？」

「不瞞兩位說，我是南方革命黨人。」雲從龍說：「我回到銅山暗中策劃很久了，如今在銅山城裡，我們的人不在少數，甚至小鬍子旅長的隊伍裡，也有好些我們的同志，若想成事，非要裡應外合不可！」

接著，雲從龍分析局勢，他說革命軍不久便會興師北上，光復銅山重鎭。小鬍子旅長留在這兒，主要的就是爲了保糧，他打算在一兩天內，把官倉的全部軍糧裝上火車，接續沿著津浦路開出，運向山東去。

「這批糧太重要了！」他說：「咱們無論如何，也得設法截住它，一來可以解決十多萬災民的飢荒；二來斷了集聚在山東境內的北洋軍的給養，他們失去這批糧，心裡必會恐慌，隊伍也會混亂，革命軍一到，他們不用打就散了啦！」

祝申和孟仲全神貫往的聽著，他們真沒料想到，雲從龍竟然是個文武兼備的南方革命黨人！

「這劫糧又該怎樣劫法呢？」祝申說。

「你們可以事先準備一股人，埋伏在茅村和賈汪之間的鐵路線兩旁，在運糧貨車經過這段路面之前，把鐵軌給挖掉，使糧車在荒野地上停住，事情就好辦了。」

「好！」孟仲說：「這事容易辦，但趙大哥那邊，怎麼說呢？」

「我想，小鬍子旅長會跟著糧車撤離銅山城，他的隊伍也會同時撤走。」雲從龍思索著說：「當然，他會用機關炮押車，也會把趙武師當成人質解走，……不過，我有辦法也聚集一些槍枝，跟他們一起上車，等到火車一停，我們便先在裡面動手，你們只要聽到槍聲一起，儘管湧上來搶糧就是了！」

「這樣做，您不是冒了大風險？」祝申說。

「那倒未必。」雲從龍說：「祝兄不妨跟我一道進城去，扮成兄弟的從人，到那時，也好多盡一分力。」

「當然，當然，」祝申說：「照你這麼說法，我就是把命豁上去，也心甘情願，沒有二話好說。」

「孟兄務請記住，挖鐵軌，毀鐵路，不能太早。」雲從龍又交代說：「太早了，糧車就不會開出去了，至於糧車開出的確實時辰，我會著人來通告你的。」

他們在墨沈沈的夜色裡，商議了一切細節，雲從龍便站起身，帶著祝申，先回金谷里去了。

截糧之戰

天還沒到四更，小鬍子旅長的馬弁，就到金谷里的妓館裡，把雲從龍請回去了。

「我說，雲少爺，也只有你，才有這種心腸，在這種辰光去作樂子。」小鬍子旅長有些沈不住氣的說：「災民真的要造反啦，我手底下這幾百條破銅爛鐵，只怕擋不住他們，大帥要我護糧，這批糧若是保不住，我的腦袋也就保不住了。」

「糧總得想法子裝車北運的。」雲從龍說：「飢民一粒也得不到，旅座有什麼好著急的？」

「不錯，我業已叫人拉伕，連夜裝糧上車了。」小鬍子旅長說：「我打算把隊伍跟著糧車，一道兒拉走，不用再守銅山城啦。」

「旅座，您這樣一來，不是把我給害慘了？」雲從龍說：「我替你捕住了趙擎天，惹火那些災民，把我的賑棚子也放火燒光了，他們若是攫著我，不活剝我的皮才怪了呢！……您真的要走，可不能把我留在銅山城，讓災民拿我洩忿啊！」

「我要有這意思，就不會差了馬弁，連夜把你請的來了。」小鬍子旅長說：「我不但想請你跟我一道兒走，也打算把姓趙的押走當成人質，使那些飢民不便攻撲咱們，……這得先跟你商量。」

「這是好主意，」雲從龍說：「我的族裡，民槍民械，好歹能湊合出一股人頭數，算是替您壯壯威好了！路上若有什麼情況，也好幫您一點兒忙。」

「嘿嘿，那可再好也沒有了！」小鬍子旅長一聽說這位雲家么少爺，能糾合一股人槍幫著他押車，不禁高興得翹起鬍子來了。

「您打算什麼時刻開車呢？」

「啊！這個……當然愈快愈好，咱們明天傍午時發車如何？能趕得及吧？」

「好！」雲從龍說：「那我這就得儘快的回去糾聚人槍去，天一亮，我就把人槍拉到車站去好了。」

這一切都如雲從龍所料的，小鬍子旅長這支隊伍，準備藉著押糧的名目，棄城不守，回山東去了。不過，他們各級的官兒搬家，可要比裝糧更加麻煩，大箱子、小行囊不說，單是眷屬，隨車的就有好幾百人。

糧車共分兩輛，每輛都掛了一長串的車廂，前一輛車裡，單是小鬍子旅長，一個人就佔了兩節車廂。他的姨太太有好幾個，連麻將桌子都運上去了。當然，另一些裝糧的車廂，小鬍子旅長找了麻皮劉二虎那個連押車，把幾挺機關炮架在壘起的糧包上面。

第二輛車，有一半車廂裝糧，另一半車廂運兵，以及載運其餘的官兵眷屬，雲從龍那股人多半也留在這輛車上。而雲從龍帶著十多個執短槍的從人，被小鬍子旅長邀到他專用的車廂裡當成賓客去了。

趙擎天武師就被押在小鬍子旅長專用的車廂裏面，爲防他跳車逃跑，小鬍子著人替他加了一副手銬。

當糧車開動，出站朝北行駛時，小鬍子旅長這才放下懸著的心來，指著車窗外荒野地上的飢民軍群說：

「這些捱餓的傻鳥！他們還打算紮雲梯攻城呢！糧食老子帶走了，銅山留給他們好了——除非他們能啃得動城牆上的磚頭。」

列車轟隆轟隆的朝北開，遠處的山影和鐵道兩邊的荒野都在旋移著。那些飢民彷佛發現了列車載著糧駛出了，拚命的指劃著，奔跑著，但他們再怎樣也無法阻得住列車的開行了，小鬍子旅長笑說：

「雲小兄弟，這台戲總算唱完了，蕭何月下追韓信，總還能把韓信追著，飢民豁命追火車，追得著嗎？——命豁上也是追不著的了，咱們上牌桌吧！」

他們真的上了牌桌，頭一圈牌沒打完，車過茅村，忽然轟隆一聲響，車輪不再滾動了。小鬍子旅長還沒弄清是怎麼一回事，後面便密密的響起槍來。

「這它娘搞的什麼鬼？」小鬍子旅長怔忡過來，著急的罵說：「糧車是停不得的呀！」

「前面沒有鐵軌了！」雲從龍說：「我猜是飢民毀了鐵路，打算劫車截糧。」

「告訴麻皮劉二虎，」小鬍子旅長大聲喊說：「要他用機關炮掃射，擋住那些截糧的。」

「對不住，」雲從龍這才亮出手槍來，指著小鬍子旅長說：「截糧的，就是小兄弟我，您只好委屈點兒吧！只當打麻將輸了的，……這些糧，關乎十萬災民的性命。」

「你，你？竟然是……跟那些飢民一夥？」

「不錯。」雲從龍說：「還有一點，你沒料到，這瞧瞧罷！」他指著他的短衫上盤成梅花形的三粒鈕扣說：「這個叫三民主義，五權憲法，……我還是南方的革命黨呢！你成天喊著要捉革命黨，這回算叫你遇上一個了！」

小鬍子旅長在對方的槍口下面，白著臉，再也講不出話來了。

雲從龍所帶的那些從人，都是身手矯健的人物，由出閘虎祝申率領，早就安排妥當，當火車一停，車上混亂之際，把小鬍子旅長的衛士制伏，立時繳械，也把被押的武師趙擎天釋放了。

車廂裡發生的事，在後一節車廂裡的麻皮劉二虎根本蒙在鼓裡。雲從龍的人跑去傳告，說旅長下令，要麻皮劉二虎到前面來一趟，在旅長沒准許開槍之前，無論發生什麼樣的情況，機關炮不得放射。

麻皮劉二虎剛跨進前一節車廂，迎面就挨上了一傢伙，他還沒弄清挨上了什麼，人就被敲昏過去了，——那是趙武師剛解下的手銬，原就由劉二虎替他銬上的，等他醒轉過來，那副手銬業已「物歸原主」，銬回他自己的手上來了。

前面一列車，算是一彈沒發，就換了主兒。

後面那列車卻打得很激烈，由於雲從龍手下的民團事先有準備，人數雖少，一發動便佔盡了上風，逼得小鬍子手下的隊伍，不得不紛紛跳車奔逃。這時候，前面車上的機關炮卻六親不認的響起來了，但操縱那幾挺槍的，卻變成了雲從龍、趙武師和祝申啦。

鬧大荒的歲月裡，有悲劇，也有喜劇，飢民劫車截糧的故事，就這樣的傳流開去。小鬍子是被雲從龍遣散回籍的，所有的財產被扣留充公，准他帶著一群姨太太和一疊烙餅，——烙餅吃完後，他少不得也要嚐嚐飢民的滋味。麻皮劉二虎因爲劫奪民女，被災民亂棍打斷了兩腿，後來在銅山城討乞。小荷原封沒動被她爹接走了。

而這支河南籍的飢民的隊伍，真的成爲一支有槍械子彈和充分給養的隊伍，這就是「民如潮水，可以載舟，可以覆舟」最好的詮釋罷？

說它很傳奇嗎？一點也不，這類事情，在人群對抗任何一種形式的暴政時，經常都會發生的。

復仇

一、黑吉的遭遇

山峰在遠遠近近的地方高舉著，隨著季候的變化和陽光的旋移，山峰也出現出神奇的變化來，不同的光影和顏色，像一張幻圖。

黑吉的家宅就在大山根下面，四周都是枝幹清奇的老樹，在風裡發出時高時低的吟嘯聲。宅子是土牆茅屋，護牆的石塊呈赭黑色，因常年潮濕，漫上一層暗綠的苔衣。這樣一座看上去很孤伶的宅子，只有三個人住著，那就是黑吉的母親沈無愁，一個老僕人趙安，以及八歲的黑吉自己。

山裡的日子平靜又寂寞，但黑吉也過得習慣了。他會呆呆的望著山，望著山坡的叢樹，望著山谷間像奔馬般的流雲；他會在草坡上騎羊當成馬跑，幫著老趙安堆積劈妥的柴火，一面聽他啞聲啞氣的，講說許多奇怪的故事。

那些故事，又緲遠，又新奇，都是從沒經歷，從沒接觸過的。他說起在萬山叢裡，有一座魔山，傳說住在那裡的人，都是修練武術的。練掌功的練到極處，能以肉掌當成柴斧，隨意劈木成柴；練劍術的練到極處，能使熔劍術，把劍身舞出火花來，使劍身點點滴滴的熔化成流火的鐵漿；即使是練內功的女人，也能解下腰絲，抹直了當成扁擔，掛上水桶，到山澗裡去擔水。……

他也講起北方的黃河，在氾濫的時辰，像一條張牙舞爪的怒龍，一個波濤高過一個波濤，險惡得難通舟楫，只有順流而下的輕快的羊皮筏子，能在水波上行駛……。

「老趙安，你到過黃河嗎？」黑吉好奇問說。

趙安抬起頭，一臉的皺紋扭曲著，露出淒苦的笑容，勉強盪出一串哈哈來說：

「黑吉，你這話可問到家了，我當初就住在黃河邊上，那兒也是你的老家呀！」

「魔山呢？你去過魔山嗎？」

老趙安搖搖頭：

「我可沒有去過那地方，不過，你爹是在魔山學武術的，他在那兒娶了你娘，把她帶回老家去的。」

「我娘怎麼沒講過這些？」黑吉說。

「找遍魔山，恐怕只有你娘是唯一沒習過武術的姑娘了，奇怪嗎？——你外公沈長峰老爺子，是魔山劍派的一代宗師，他一生只收兩個徒弟，一個是你師伯杜洪，另一個就是你爹，而這兩個人的劍術，除了你外公之外，旁人都比不了，偏偏這兩個人都喜歡你娘。」老趙安說到這裡，把話頭勒住了，過半晌，才接著說：「後來，你爹總算娶到你娘了，不過，你娘有個條件，她怕你爹和你師伯會爲爭名傷和氣，他要你爹掛劍歸山，終身不顯武，不授徒，不涉江湖。」

「我爹想必是答應了。」黑吉說。

「答是答應了，」老趙安說：「不過，你爹也有一宗極大的難處，他是因爲你祖父被人殺死，誓報父仇，才去魔山拜師學劍的，劍學成了，仍然沒查訪出殺父的仇家是誰，若就此掛劍，當然不成，……你爹答應只要把父仇報了，他就掛劍。你娘卻先帶著你，遷到這兒來了！」

黑吉逐漸懂得多了；他從娘的話裡，曉得自己的爹：人稱「魔山雙劍」之一的趙震山，正在江湖上到處奔波，查訪仇家。而娘天天伸著頸子，盼望他回來。她的名字叫沈無愁，其實，眉尖上終日都鎖著一片憂鬱的輕愁，每當黑吉對她提起魔山時，她更悒鬱不快了。

「聽我說，黑吉，」她說：「我不明白，這世上，爲什麼有那許多人要爭著習武？武道原是健體防身用的，不論哪個門派，拜師時，都焚香點燭；跪聽許多條規和戒律，結果又怎樣呢？——世上見血流紅的慘事，都是使刀動劍的學武人幹出來的，這樣看來，世上沒有習武的，這世間還要安穩些呢。」

她也說起她生長的地方——魔山，傳說許多年前，少林有個和尚，武當有個老道，都是當時自以爲天下無雙的人物，兩雄不能並立，誰都不願意認輸，便約定某月某日某時辰，到深山裡印證功夫去；兩人結草爲廬，在那座無名的山裡住下來印證功夫，口說說了三日夜，分不出高下來，又開始在山頂比武，一比又比了三日夜，結果還是半斤八兩。

「這真是一座魔山！」和尚不服氣說：「我原以爲我會贏的。」

「這可不是魔山怎麼的?!」老道也埋怨著：「我原以爲你不是我的對手的。」

「假如貧僧和道長聯手收個徒弟，盡得兩家之長，那恐怕就是武林第一人了。」

「唉！」老道忽然嘆了一口氣說：「由這次印證功夫，我倒另有一番感悟，悟到人真是蠢物。就拿我們一僧一道來說吧，練了半輩子武術，還要爲爭名而鬥，可見人心裡的名利之慾，很難洗得淨；收徒弟讓他去爭名奪利，想來也沒有什麼好處。」

「嗯，你這老牛鼻子，倒真有點兒悟性。」和尚說：「不過，我倒有個法子，那就是嚴立門規，苛定戒律，看看日後對門下弟子，有沒有效用？」

魔山這一派，就是這樣衍傳下來的。

到了沈長峰這一代，魔山前後，業已開設了四五處武館，仍依照祖師爺當年立下的規矩收徒。他們的門規戒律極爲嚴苛，除了戒貪、戒色、戒殺，根本嚴禁公開顯露武術，嚴禁與同門及外人鬥毆，甚至連復仇一項，都在戒律之內。

「事實上，戒律再嚴又怎樣呢？」做母親的沈無愁對黑吉說：「這就好像破房子刷漆，——只圖外表光鮮罷了。也可以說，沒有哪一代不犯戒的。人一學得武術離了山，那些門規戒律，就約束不住他了！因爲魔山武學有了盛名，魔山弟子被江湖上相爭羅織，門戶不同，利益各異，同門相殘的例子很多，雖然後來懲處，怎如當初根本不收徒，不學武，你爹就是個例子！」

黑吉眨著眼，他覺得，聽娘講話很吃力，有許多道理，他根本聽不懂，比起老趙安所說的那些故事來，那就要差得遠了。爹究竟給娘帶來多少煩惱呢？夜夜的月光透過油紙窗，落在旋轉紡車輪子上，娘在紡著棉紗，紡車的輪軸咿咿呀呀的，秋蟲的聲音使月光都顫動起來。

聽不懂，就轉去纏問老趙安罷。

老趙安也皺著眉毛，露出很爲難的樣子。

「我說，小少爺，我這做下人的，該怎麼講呢?!我能說誰不是？你爹報父仇，理直氣壯，你娘爲他擔心，自然也有她的道理在，……這世上，冤冤相報，總是牽牽連連，多少代也沒有了結。」

黑吉纏問不出結果來，人便變得沈默憂鬱了；在記憶裡，甚至連爹的影像也朦朧莫辨了。有些人，一出生就命定要爲上一輩人復仇的罷？成人世界有許多事，全是他很難懂得的。成人世界有許許多多道理，也像自己抬頭看山一樣，山雖是同一座山，因晨晚陰晴……季節、氣候和時刻的不同，顯出不同的光景來，誰知道眼裡的山峰，是不是山峰的真容?

也有許多事情，是黑吉能懂得的，比如說，娘的心裡是什麼顏色，黑吉閉上眼就能看得見，它像滿野的月光，又白、又空、又冷；在一片秋蟲的淒吟聲裡，她用紡車搖出了許多言語，咿咿呀呀的，一支古老又淒涼的歌，誰聽著了，鼻尖也會有些酸楚。

爹在哪兒呢?!

那年冬天，落著雪的夜晚，有人急迫的敲門，等到黑吉被老趙安從睡夢中抱起來時，一幅永生難忘的景象進入了他的記憶。

他揉著朦朧的睡眼，看見兩盞白紗燈放在廳房的地面上，四個穿著黑衣，雙肩積著雪屑的漢子垂手站在一邊，紗燈後面，躺著一具由白布掩蓋住的屍身，娘伏在屍身上，不停的抽動雙肩。

不用誰告訴他，他立刻在驚恍中意識那是誰了!

據黑衣漢子說：他是在魔山附近，一座荒寒的古廟前被人殺死的。和尚從劍鞘所刻的字跡上，認出他是魔山武術宗師沈長峰的弟子，魔山雙劍之一，名震武林的趙震山。當時就差人趕到魔山的長峰武館去報信。

「姑娘，您是知道的，打老爺子過世，長峰武館就由師父杜老爺接掌了。師父聽說二師叔的噩耗，根本不能相信，立即趕到那座古廟去看驗，誰知結果竟是真的……」那人說著，也屈膝跪地，傷心的嚎啕起來。

「說下去吧，賁四。」娘抬起臉來，強忍住悲傷說：「他爲了報父仇，才四出尋覓仇家的，如今他躺著回來了，我要弄清他是怎樣死的?!你當著孩子的面說好了，孩子也該明白他爹是怎麼死的?!」

「師父到那座古廟去過，」賁四說：「姪兒我和幾個師弟一道兒跟了去的。那座廟確是很古老破舊了，裡面只有六七個和尚，一個住持老和尚，一個知客僧，一個燒火上灶的，和三四個小沙彌，他們都是不諳武術的。老方丈法名叫月慧，據他說，事情是出在三更半夜裡，他們都在僧房裡，其他的和尚都睡了，只有他盤膝打坐，正在冥思時，忽然被一陣金鐵交鳴的聲音驚動了，他側耳細聽，才聽出是有人在前殿外的廟庭裡決鬥。那夜起山風，落山雨，風雨交加，仍掩蓋不了那種兵刃交擊的聲音，……老和尚說是，古廟在荒山野嶺當中，他當時以爲是歹人和歹人爲了爭財奪寶，到廟裡來火拚，所以當時並沒有出去，廟裡和尚沒有誰練過武術，多管閒事也是白送性命。直到二天風停雨歇，天色微亮，小沙彌起來撞鐘，這才發現趙施主倒在殿前的階墀上，手裡握著一柄劍，渾身上下，一共有七處劍傷，……若不是劍鞘上刻的有字，老和尚已打算由廟裡捐出一口白木棺，把二師叔裝殮了，抬到後山上埋葬了呢。」

「經過情形，確是這樣的。」另一個說：「師父他吩咐我們，連夜把二師叔的屍首運回來，讓姑娘您看看他，再行裝殮，……師父交代說，他把長峰武館料理料理，立即就趕過來，今夜來不及，明天晌午前也該趕到了。」

「我沒有習過刀劍拳腳，」娘說：「但我弄不明白一點，震山究竟是被什麼人殺死的？我爹沒死前，曾誇過震山的劍術，當今無兩，除了你們的師父，我那大師兄杜洪還勉強能比，其餘的江湖人物，極少有人是他的敵手，誰能使他身受七處劍傷，倒在廟階上不起呢？」

「您算是問著了，師父也是這樣苦想著，」責四說：「他實在想不出江湖上知名的人物，誰能有這樣的功夫，把二師叔給殺死？……他來後，詳細情形，您問他好了！」

黑吉只覺得渾渾噩噩的，真像在做夢一樣，爹死了嗎？真的死了嗎?!他真想伸出手去，揭開那一層染著血跡的白布，去看那層白布下面的人臉，可是，他不敢那樣做。最後，還是娘揭開白布的一端，用濕布擦拭那張臉，那張白得像紙似的臉和嘴角流溢的紅。

在嚎哭聲裡，屍首被裝進一具黑棺裡去了。

據老趙安說：那具黑漆棺，是爹出門尋找仇家前就備妥了的，他發誓要報了父仇，不能如誓報仇，他決不活著回來。老趙安一面忙著裝殮，一面哭嚎說：

「震山少爺，人說，一語成讖，誰想你當初說的話，真會應驗?!……」

說是悲哀嗎？黑吉並沒有被悲哀壓倒，他只是覺得心裡潮濕得很難過。他早就等著爹回來，爲他講說怎樣報仇的故事的，他想那故事，一定會比老趙安說的那些更爲動聽。誰知爹竟死了，被仇家給殺死了。以魔山雙劍之一，那樣精於劍術的人，竟然沒報得了仇？而他等著聽的故事，也跟著裝進那隻黑漆漆的匣子裡去了。

大師伯杜洪，二天傍午趕到宅裡來，他也是一臉悲傷的神色，眼淚滴在鬍梢上，他說：

「魔山的門規戒律愈嚴，門下弟子犯律犯戒的愈多。我現在才明白，戒律要定在人心裡，不光是寫成白紙黑字，那是沒有用的。震山他這趟出門尋仇，事先事後，都沒有跟我說過……出了這樣的事，我簡直無法區處了。師妹，我能擅毀門中戒律，替震山去報仇？還是坐視不管，任由他冤沈海底?!……我和他究竟是親同手足的同門師兄弟啊！」

「您也不必難過了。」娘對那個鬍子飛動著的大師伯說：「震山一向心高氣傲，如今他已倒了下去。我母子倆只求守著他的墳墓，清苦度日，就夠了。難道我還會慫恿孩子學藝報仇，把那冤孽延續下去?!」

再大的事情，總有過去的時刻，爹終於被葬在山麓的坡地上了！日子回復了原有的悒鬱，所不同的是，原先亮在娘和老趙安眼裡的等待的神采，也跟著黯淡下去，他們等待的結果，只是曠野上的一座新墳。

也不知怎麼的，有一種意念盤結在黑吉的心胸裡，強烈而不可排拒的報仇的願望，火焰般的在他胸膛裡燃燒著。娘再用多少冰冷淡漠的言語，也無法淋熄它，老趙安有一句在說故事時無意中吐出來的話，卻在黑吉的耳邊飄響著：

「父仇不報枉爲人呀！」

談起報仇，黑吉幻想過太多太多的事情。像爹來說吧，自幼投師學藝，練成一身驚人的功夫，魔山雙劍的名聲更震動南北，結果怎樣呢？還是血一泊，土一堆，那樣淒慘的了結了。自己連殺父的仇人是誰都不知道，也沒有爹那樣的一身藝業，說是復仇，真要比去爬那些雲封霧鎖的立峰還難呢！

難當然很難，但黑吉仍然想著，他要到魔山去，學成像爹一樣的本領，去尋找那個殺父的仇人！

二、到魔山去

黑吉十歲那年，娘因憂鬱過度，咯血死了。

他跟老趙安說明他心裡的願望，要到魔山的長峰武館去，找他的大師伯杜洪，拜他爲師，跟他學習武藝，日後好去找殺父的仇家。

老趙安稱許他的志氣，但卻擔憂的告訴他說：

「其實！你娘說得很對，人外有人，天外有天，你愈是急著報仇，愈報不成，能受得了磨練，才能成得了事。你要去魔山，我就領著你去吧！」

到魔山的路程並不算遠，但山嶺重疊，山路崎嶇，不慣走長路的人，走起來更見艱難。何況他們動身的時刻，正趕上草木凋零，冰霜壓地的冬天。多稜的山路又溼又滑，尖風像刀似的割著人臉，走到魔山的長峰武館時，老趙安發了風寒，病倒在榻上，起也起不來了。

長峰武館閉著門，顯得十分寂落，只有賁四在看守著。他見到老趙安帶著黑吉上山來，很驚詫的問說：「怎麼趕著冬天上山來呢？姑娘沒來，是出了什麼岔事了？」

「我娘咯血死了，我們才來投靠大師伯的。」黑吉說：「老趙安發了風寒，不能動啦！怎麼？……大師伯他不在館裡？」

「嗨！」賁四嘆口氣說：「武館關閉了！師父也發誓不再收徒啦！」

「這……這怎麼會呢?!」黑吉憂愁困惑的說：「魔山劍派傳了許多年，難道就這樣收拾了？」

「可不是，」賁四無可奈何的攤開手說：「自打二師叔死後，師父回來，脾氣就變了。他說：教人武術，只會多造殺孽，什麼門規戒律，都是形同虛設的假話。不出師門，叩頭點燭，好像真有那麼一回事；一出師門，就像生了翅膀的鳥蟲，誰能限定他朝哪兒飛？……你們二師叔就是個例子，我看，還是把武館關了好！……就這樣，他掛了劍，取下匾額，到後山結茅隱居去了。住在別院裡的師娘和小師妹，也在收拾行裝，要回洛陽老家去了！」

「黑吉這趟來，是找杜老爺拜師學藝來的。」老趙安躺在榻上，忍住呻吟說：「賁四，你二師叔死在誰的手上，成爲一宗無頭公案，連累沈姑娘悲鬱過甚，也咯血死了。難道就聽任兇手逍遙法外嗎？你若肯爲趙家著想，就該幫黑吉這孩子一點忙，到後山覓著杜老爺，帶黑吉去見他，求他讓黑吉有學藝的機會。」

「我當然願意幫這個忙了，」賁四說：「不過，我倒有個更好的主意，我想，假如師娘肯出面幫著黑吉小兄弟說話，希望就大得多了。師娘這個人，平素心腸極熱，最肯幫人家的忙的。」

「這倒是個絕好的機會，再晚一步，她就帶著女兒回洛陽去了，」老趙安說：「黑吉，那你就趕快跟賁四兄過去拜望她吧。」

黑吉聽娘講過這位大師母的經歷，說她是洛陽地方的人，姓雲，叫雲順娘。她爹鐵掌雲龍是馬戲班主，練就一套很深厚的掌功。她自幼跟著自家的班子，走江湖跑碼頭，算是見多識廣。據說這門婚事，還是外公撮合的。鐵掌雲龍跟外公是多年老友，經過魔山附近時，上山來拜望外公，見著杜洪一表人材，掛心女兒的婚事，外公便替杜洪作了主。那已經是十多年前的事情了。她女兒杜釆凡，小黑吉一歲，自己跟娘上山來時，還曾見過她。想來這位大師母，一定會幫自己央說的。

黑吉料想的沒有錯，雲順娘見著黑吉，又驚又喜，又爲聽到他爹娘俱死的事難過。她摟著黑吉，喃喃的慨嘆著說：

「人生真像是一場夢，不是嗎？我還記得上回你爹娘帶你上魔山，那時你才三歲，轉眼之間，你爹娘都死了，誰敢相信呢?!」

「這位黑吉兄弟，很有志氣，」賁四在一邊說：「他這趟上山，是要師父正式收他爲徒，苦練功夫，日後好尋找殺父的仇人，好替他爹報仇的。但師父他遣走師娘和小師妹，又關了武館，獨自隱居到後山，發誓不再收徒了，您若不幫他的忙，他這趟魔山，算是空跑啦！」

「原來是這麼的！」順娘說：「這不要緊，我帶你去見你師伯去，他同門師弟被仇家殺了，連仇家是誰他都不知道。他遵師門戒律，不去尋仇倒也罷了，他沒有道理不把一生所學傳授給我這姪子啊！……你不必拜師，起誓守戒，只要他答允傳授你的武術就行了！」

魔山背後有三道澗水，一道比一道寬，一道比一道險，澗那邊有座方方的石坪，四邊都是懸崖，杜洪的茅廬，就搭在石坪上面。

順娘牽著黑吉，渡過那三道陡澗，又揹著他攀援葛藤，費了一天的辰光，才到達茅廬前面，這時候，月亮已經出山啦。

杜洪正瞑目盤膝，趺坐在廬裡的蒲團上，等來人走到門口，才一動不動的問說：

「是順娘嗎?我要妳帶采凡回浴陽，怎麼還沒動身呢?」

「天雨路滑，得要再等兩天才能走。」順娘說。

「妳身邊站的是誰?」杜洪還是沒睜開眼。

「是你姪兒趙黑吉來了！」順娘說。

她把經過情形跟黑吉這回上山的心願，一一跟杜洪說明白了，轉臉要黑吉見過他大師伯，黑吉上前一叩頭，杜洪便睜開眼來了。

「孩子，」杜洪溫和的說：「你是一心想復仇?記得你娘說過的話嗎?冤冤相報，沒有盡時，把冤孽延續下去，決不是辦法。」

「不！」孩子叫說：「我要學藝，我要替我爹報仇！」說著，他朝前爬了半步，抱住他大師伯的膝頭。

杜洪一臉凝重的神色，嘆息著，搖搖頭說：

「據我所知，藝出長峰老爺子之門，只有我和你爹兩個人。按理說，魔山雙劍，鮮少敵手，但以你爹的一身藝業，仍然不敵對方，我就是悉心傳授你我的武技和劍法，你苦練若干年，也未必比你爹更強，你又怎能報得了仇呢？……你要知道，我的功夫，並不比你爹更強。」

「姪兒知道。」黑吉叩頭說：「功夫是靠人練的，您只要帶領姪兒入門就行了。人說：師父領進門，修行在個人。姪兒有這番心，也許天會可憐我吧。」

黑吉這番話，把站在一邊的順娘都說得眼淚直滾，她對做丈夫的杜洪說：

「論情，論理，你這身為大師伯的人，都不能拒絕這孩子的投奔。趙震山是長峰老爺子的女婿，他的冤死，就是師門的事，你不親自去報仇，難道對這個孤兒，也不一伸援手嗎？」

杜洪皺著眉頭，苦苦的思索著什麼，過了半晌，才萬分為難的說：「夫人，我曾經發過誓，關閉武館，從此不再收徒的，要我違誓，確是很為難啊！」

「我倒有個現成的辦法在這裡，」順娘說：「若照這個辦法，你既不違誓，他也不必守戒，——你不必收他爲徒，只是傳藝，不就成了嗎？」

杜洪沒有辦法了，長嘆一聲，把頭點了一點，轉對黑吉說：

「起來吧，孩子，你心念既定，做伯父的，只有盡力成全你了！」

「多謝大師伯！」黑吉喜出望外的叩個頭起來說。

「你也不必謝我。」杜洪說：「學武術，不是一宗容易的事情，得要動心忍性，暫時不要牽掛外事才行。你初初習武時，不必到石坪來，你跟著賁四去勤練就成了，等到有點根底的時刻，我再親自點撥你好了。」

黑吉又跟著大師母回轉到魔山的長峰武館裡去。沒幾天，大師母順娘就帶著杜采凡回洛陽老家去了。黑吉跟著大師兄賁四，開始練起武術的基本功夫來；當然，離著復仇，還有一大段山遙路遠的行程，至少，他已經起了步啦。

長峰武館一關閉，魔山附近的武館也都經過集議，跟著關閉了。在這雲遮霧擁的大山裡面，顯現出十分的荒寒。魔山的弟子們，除了留下少數守館的，其餘的也都捲起行囊，紛紛回歸故里去了，整整一個冬天，黑吉沒見著一張外來的面孔。

老趙安的風溼症沒見起色，黑吉忙著打熬筋骨，夜晚還要幫著賁四服侍病人。有一種差事，是黑吉每天必定要做的，那就是每天五更時，賁四要他下澗去擔水。一根扁擔和兩小桶水，如果在平地上，黑吉擔了，也不會覺得太累，但從山崖下澗去，石路共有七個彎，梯形的石級極爲難爬，一擔水挑下來，黑吉的兩腿就累軟了。

「賁四哥，我是要來學武術，練功夫的呀！」黑吉說：「這擔水也算功夫嗎？」

「你甭叫苦，小兄弟。」賁四說：「我們當初踏進長峰武館，誰沒擔過三年的水？從小桶，進到中桶、大桶；從木桶，再進到鐵桶。你若能用鐵扁擔和頭號鐵桶，一連上上下下的挑三次水，氣不亂喘，面不改色，那你才能練高深的拳腳和劍術呢！」

黑吉聽著，咬咬牙不再說話了，那就按照賁四哥所說的，先擔三年的水罷，爲了完成心願，再苦的日子，也要過下去的。

三、成長

上千的日子在魔山上度過去了。

黑吉像跳躍的狼猴一樣的生活著，他接替賁四，幹了所有的粗活，下澗去擔水，上山去砍柴，揮動長柄的柴斧，把整段的木幹劈成柴火，這些粗笨的活計固然很辛苦，但卻十足的磨練了他的筋骨，打熬了他的力氣。他能挑著兩大桶水，從澗心的岩石上跳著走，像走平地一樣；他能爬到山巔去，揮斧砍伐松杉，一路拖運回來，並不覺得疲累。他像初生的松木一樣，飛快的茁長著。

賁四傳授給他的拳腳功夫，一共有七十六招魔山拳和三十六路腿法，他也練得非常純熟了。

一天，賁四對他說：「黑吉小兄弟，在我們師兄弟裡面，沒有人練功夫有你練得這麼勤，幹粗活有你這般耐得勞苦的，你在山上三四年，抵得上旁人十年的磨練，我替師父傳授你的一些基本功夫，算是到此爲止了。如今，你已有了深厚的根基，該到後山石坪去拜謁師父，請他教你的劍術了！」

「賁四兄，你太誇獎我啦。」黑吉說。

「倒不是我誇獎你。」賁四說：「修習武術的人，光靠身強力壯是不成的，它要靠有專一的心性，領悟的慧根，和耐得磨練的定力，而這三樣，你都有了，只要勤苦的修習下去，日後的成就，一定能超過師父和二師叔的。」

第二天，黑吉就越過三道險澗，攀藤附葛的爬上石坪，到那座茅屋裡拜謁大師伯杜洪去了。

幾年不見面，在黑吉的眼裡，大師伯杜洪要蒼老得多了，他的頭髮散披在肩上，鬍鬚一直拖到胸口，人顯得非常消瘦，臉上的皺紋也多了起來。

「黑吉，你上山多久了？」杜洪仍然盤膝趺坐在破舊的蒲團上，溫和的問他說。

「回大師伯，該算是第四個年頭了。」

「嗯。」杜洪說：「四年來，我一直在等著你，盼望你能忍得了困苦，受得住打熬，到我這裡來。你這回到後山來見我，還是要學魔山劍術，爲你爹報仇？」

「是的。」黑吉說，他這樣說著話，兩眼射出堅定的光彩來，真是精芒外露，灼灼照人。

「唉！」杜洪斂住微漾的笑容，嘆說：「人說：魔由心生，障從性起，這真是魔障了。後山不比前山，這裡的日子要比前山更苦，菜蔬要自己點種，米糧要從前山負來，想練就魔山全套劍法，少說還得五六年，五六年之後，你就是盡得我的真傳，也未必是仇家的敵手，真是這樣，你還願意學劍尋仇嗎？」

「大師伯！」黑吉跪下來叩拜說：「姪兒已經說過了，姪兒這一生，那怕粉身碎骨，也非報父仇不可。等到把劍術練成了，姪兒就要踏遍天涯海角，去尋覓仇家，終有一天，姪兒能找得到他的。」

「孩子，你起來罷！」杜洪說：「我當著你大師母的面，答允過你，你不聽我的勸告，我也不能反悔，打明天起，我傳授你的劍法就是了。」

杜洪真的悉心傳授起黑吉的劍法來。他帶黑吉到屋後去，立石爲人，折枝爲劍，先授魔山的劍訣，要黑吉依訣運劍，一招一式，輕鬆緩急，都要反覆演練，直至運用自如，收放隨心爲止。

「這只是形似，也是練劍的初步。」杜洪對他說：「所謂形似，就是講求身形、步法、運臂，擰腰，……身體的一切動作都要能配合劍勢，而對舉劍、運劍的姿態，都要正確無訛。」

「形似之外，又怎樣求精求進呢？」黑吉追問說。

「噢！武學一道，難就難在這裡了。」杜洪說：「一般說來，刀劍是死的，人是活的，但這只是指懸在壁上，插在鞘裡的刀劍而言，一旦它出鞘握到人的手上，刀劍便和人心人意合而爲一，千變萬化，演變無窮，它就不再是死的了，這道理你懂得吧？」

「是的，姪兒懂得。」

「你再想想我教你的劍招罷！」杜洪說：「劍身的一收一吐，上迎，下擊，側砍，斜劈，虛削，實攻，……招招連鎖，式式相銜，虛實變化那可是太多了，到那時，劍已非劍，實在是心意運用。武人習劍，和文士運筆是同樣的道理。一種劍術，十個人一道兒學它，結果卻因十個人的運用方法不同，產生出不同的境界。練劍練到後來，要得練心，把生命、精神融進劍裡去，使天和人、人和劍都合爲一體，那才真正是馭劍之術呢。」

對於這些話，黑吉覺得很奧妙，一時又很難握住那種奧妙，只能先從形似上痛下功夫罷了。杜洪每天除了折枝爲劍，傳授黑吉的劍術之外，大半時間都教他讀書，習詩，誦史，解字，爲文，據杜洪的看法，人有胸襟，心有丘壑，劍上才有氣勢。

「你爹當年復仇心切，棄文習武，吃虧就吃在這裡。」杜洪諄諄告誡黑吉說：「論劍術精純，他該在我之上，但長峰老爺子也看得出，他使劍時，招招式式都帶著怨戾之氣，極爲不祥。仇沒報得成，反而在荒山古廟裡送了性命。這是你必須引以爲鑑的。」

黑吉在大師伯杜洪的悉心照拂下，一面習劍，一面攻書，失去父母的孤兒黑吉，逐漸把這位大師伯當成父親一樣的看待了。黑吉不能不佩服大師伯，覺得他不但武術非常精純，學問也非常淵博，只是有一點令黑吉不解的，總覺大師伯也許是看透了世情，領悟了禪機吧？做人做事，在看法上都很消沈，——這或許因爲自己太年輕，不太習慣的關係吧？

日子像澗水般的奔流過去了。

黑吉不論在讀書和習劍兩方面的哪一方面，都有了長足的進展，出山去尋訪仇家的日子，算是愈來愈迫近了，但，究竟誰才是自己殺父的仇人呢？這個一直懸在自己心底的疑團，始終沒能打破，他不得不提出來，跟他大師伯杜洪商量了。

「大師伯，您是有經驗閱歷的人，據您所知，跟趙家結仇結怨的，是哪一家呢？我爹那宗案子，算是無頭公案吧，但我的祖父，又是被誰殺死的？……過去的事，雖說離得很遠了，但總能找出一點跡象的吧？」

「難就難在這裡了。」杜洪朝著山巒間斜掛的月亮凝望著，沈思的說：「老趙安是跟隨你祖父的僕人，你祖父死在白茅店一個野舖裡，當時老趙安在場，等他醒來，發現你祖父不見了，忙著點上燈籠去找，在店前臨溪的木橋邊找到他的屍體，身上也帶有好幾處劍傷。」

「您是說，沒有跡象?!」

杜洪寂寞的搖了搖頭，過半晌，他說：

「一般說來，結仇結怨，演變成宿仇積怨，並不全怪對方狠毒，而是雙方都有錯處。那就是說，你祖父橫遭殺身之禍，固然很慘，但你祖父若不慘害旁人，旁人就不會對他下毒手了。臨到你爹，理直氣壯的去報父仇，對方也許是剛報完父仇的，兩邊都有道理，互不相讓，只有動武解決，結果你爹不幸欠了一招，毀在對方手下。報父仇的擔子，又落到你的頭上。就這樣一代怨仇一代的循環下去，誰敢說何時能夠了結呢?!……若說跡象，這就是了！」

聽杜洪這樣一說，黑吉的雙眉緊鎖起來；從前的一本帳，都落在沈沈的黑裡，摸不清，看不透，誰能看得出誰是誰非來?說來使人很困惑，那就是人是不是因復仇而生的?自從雪夜裡，爹的屍首被抬進門，自己這顆心，復仇的火燄就沒有熄滅過。生命好像是一支搭在命運弓弦上的箭鏃，一旦射出去，穿經無數歲月，但它只有一個意義，就像箭射紅心一樣——匯向復仇兩個字上。

「你要復仇，是你的心意，我這做師伯的人，也不能強著你。」杜洪又說：「你如今已經長成了，我的一身藝業也都傳授給你了，若說還欠缺什麼，那只是臨陣的經驗和火候。武道一門，學無止境，怎樣修為精進，全靠你自己了。」

「大師伯的意思是?……姪兒可以下山了?」

杜洪點點頭說：

「是的，你可以下山了。我答允幫助你的心願已了，我算是看透了塵世，你走後，我便要到那座荒山古廟——大覺寺去落髮出家，自尋超脫去了。」

「大師伯要落髮爲僧?」

「不錯。」杜洪說：「江湖上，恩恩怨怨，日夜纏人，那是我多年立下的夙願，一直沒有變過。我總覺得人歸三寶，坐悟禪機，明心見性，是世上最難得的。多妄想，動妄念，會使人陷劫的。有一天，你要找我，可到荒山大覺寺去。」

「您別忘了，您洛陽老家，還有大師母和釆凡妹子在等著您吶！」

杜洪淒然的一笑說：

「黑吉，這些年來，大師伯對你怎麼樣？」

「大師伯，我爹娘死後，孤苦伶仃，只有老趙安陪著我，難得您肯收容，教我學書習劍，您待我，真像再生的父母一樣。」

「好。」杜洪說：「你也不必謝我，在你下山時，我也拜託一宗事，希望你能幫助我，你若答應了，咱們就算是彼此扯平，兩不相虧！」

「大師伯，」黑吉說：「有什麼事，您儘管對姪兒吩咐，姪兒沒有不答應的。」

杜洪撫著黑吉的肩膀，又從懷裡取出一封寫妥密封的信函來，緩緩的說：

「黑吉，你下了山，一時也沒有地方投奔，我要你帶著這封信，回到洛陽老宅子去，見你大師母，把這封信帶給她。我要你做的事，都寫在信上，到時候，你大師母會逐樣對你說明白的，你照她的話做就行了，這些事，絕不會耽誤你去尋仇的。」

「姪兒遵命。」黑吉雙手接過信函，恭恭敬敬的貼身揣妥，又問說：「大師伯還有旁的吩咐嗎？」

「你把老趙安帶回洛陽去罷！」杜洪說：「他已經是風燭殘年的老人了，他生在黃河邊上，讓他在洛陽老宅子養老，比在山上要多一份照應。」

「姪兒照您的吩咐辦。」黑吉說。

「還有一宗最要緊的事，」杜洪說：「當年我和你爹拜在長峰老爺子門下，承老爺子賜贈兩柄劍，一柄給我，一柄給你爹，魔山雙劍之名，實係由這兩柄劍來的。你爹人亡劍在，承荒山大覺寺長老把那柄劍交還給我，這柄劍，是你父親的遺物，今晚，我要把它交還給你。你要下山尋仇，那將是真砍實殺，不同平常練劍，以松枝代劍是不成的了。你去屋裡，把掛在壁上右邊的那柄劍取來吧！」

黑吉取來那柄寶劍，遞到杜洪手上，杜洪滿臉肅容，在月光之下，雙手捧劍說：「趙黑吉，你來接劍吧！」

黑吉上前半步，雙膝跌跪，伸出雙手，掌心向上，恭謹的接過父親的遺物，滿眶盈著淚水。

杜洪說：

「黑吉，你雖沒焚香立誓，正式拜在我魔山門下，不必遵守本門的條規戒律，但劍是兵凶，吐光見血，你接過它，除了爲你父報仇之外，當戒妄殺！」

「大師伯，姪兒除復仇之外，決不妄殺一人！」

「你願立誓嗎？」

「姪兒願意。」

黑吉立下了血誓，杜洪才把這柄劍交在年輕的黑吉手上。

第二天，黑吉捲起小行囊，揹起那柄劍，拜別了大師伯杜洪，到前山接了老趙安，騎著牲口下山，到洛陽去投奔他的大師母雲順娘去了。

那時候正是深秋，遠近的峰頭接天，團團的絮雲飄盪著，遍野瀰漫著一股肅殺的秋韻。黑吉騎在牲口上，仍能覺出背上那柄長劍沈重的份量，復仇！復仇！……在他燃燒的胸膛裡，不斷像火花似的迸出這種聲音，復仇！復仇！這聲音捲進山風裡，直盪到遠處去，山也鳴，谷也應，一剎時，連天和地都彷彿響起了巨大的回聲……。

自己在魔山一待七八個年頭，經歷無數的風霜雨雪，不就是爲等這一天嗎？而仇人在哪裡呢?!

四、密函

浴陽東關的街上，杜洪家的那棟老家宅雖然很古老了，但還算得上是一棟寬敞安適的大宅院，前後共有五進房舍，四個天井，側邊還有跨院，種了一株高大的梧桐。黑吉帶著老趙安來投奔大師母，順娘見了他，像撿著珍珠寶貝似的喜歡。

「你總算學成了，人也長大了。」順娘說：「你大師伯怎麼樣？」

「大師伯有封信，託姪兒隨身帶來，」黑吉說：「他說有事要囑託姪兒遵辦，但沒說明是什麼事情，最後，他說事情全寫在信上了，您看了信，自會告訴姪兒的，──信在這裡，請大師母過目。」

順娘接了信，對著窗光展讀了，一忽兒悲，一忽兒喜，黑吉和釆凡坐在旁邊，都不便爭著問，信裡邊究竟寫了些什麼？直等順娘把信看完，才說：

「黑吉，你大師伯決意到荒山大覺寺出家了，你事先是否曉得？」

「這個，姪兒行前一晚上才聽大師伯講的，姪兒當時勸過他……」

順娘苦寂的搖搖頭說：

「我跟他多年的夫妻，我深知他的脾氣，他一旦決定了幹什麼，誰也改不了他，勸他也是白勸，沒有用處的，他要出家，也只有由他了。」

「大師伯究竟要姪兒答應幫他做什麼事呢？」黑吉詢問說。

順娘沒說話，只是先抬起頭來，左邊看看黑吉，右邊看看釆凡，轉對釆凡說：

「妳師兄和老趙安趕了這麼長的路，一定口渴了，妳到後面去張羅茶水去吧！」

等到釆凡走後，她才抓住黑吉的手說：

「姪兒，你大師伯決意出家，但他沒留下子嗣，他是要把釆凡匹配給你，洛陽這幢宅子託給你照應，日後你們有了孩子，以其中一個過繼給杜家，要他承受這份產業，延續杜家的香煙。那就是說：最好你們很快成親，至少有了兩個男孩，你才能放手出去尋仇。他在信上千叮萬囑，要我把這事辦成，你肯答應？」

黑吉可沒料到，大師伯會囑咐他辦這宗事，當時就回話說：

「一切由大師母作主，不過，若等有了兩個男孩再出門，那恐怕要拖宕好久。如今，姪兒心裏焦急如焚，因爲仇家是誰，如今還沒有跡象，日子去得愈遠，愈難查尋，像這樣遷延下去，姪兒就怕今生也無法復仇了。」

「話可不是這麼說，黑吉，」順娘說：「不孝有三，無後爲大，你若復仇順當，當然沒話可說，要是復仇不成，落得像你爹那樣的下場，杜、趙兩家豈不都絕了嗣了？你大師伯苦心教你學書習劍，最後託囑你的這一件事，你竟忍心不答應嗎?!」

黑吉想想，在魔山學劍，七八年都熬過去了，只當是多學兩年的罷！何況人在洛陽城，即使不遠出尋仇，也能多方打聽消息，獲得一些線索，這事實在無法不答應。

他終於點頭說：「大師伯教訓，姪兒願意聽從。」

「你真的聽我的話了？孩子，」順娘笑說：「那你幹嘛還一口一個大師伯的叫著？應該改口叫岳母娘啦！」

順娘大聲這樣說話時，正巧碰上采凡掀簾子送茶上來，一聽這話，進又不是，退又不是，手托著茶盤兒，滿臉羞紅，呆站在門邊，不知怎麼是好了。

「采凡，」順娘招手說：「妳也用不著害羞，妳師兄又不是外人，你們倆自幼就是青梅竹馬熟識了的，我這就揀個最近的黃道吉日，張燈結綵，替你們兩個把終身大事辦了吧！」

順娘這麼一說，采凡更羞得心慌意亂，丟下茶盤，拔腿就跑進簾後，再也不出來了。

黑吉和采凡的婚事，在黑吉初到浴陽不久，便由順娘安排妥當了。一對由梧桐子做成的桐鳳插在洞房的窗角上，和喜慶的紅花相映著。室外落木蕭蕭，一片秋寒，而洞房裡卻洋溢著一片春意。復仇的事雖仍橫亙在黑吉的心裡，但他這才領悟到岳父那封密函的用心，——要他有個窩巢，從此不再孤單。

杜采凡是個賢淑巧慧的女孩兒，即使春暖洞房，她並沒忘記年輕的丈夫黑吉的心思，她一面安慰著黑吉，一面和他商量起復仇的事來。

「這宗事，實在透著奇怪，不知你想過沒有？」采凡說：「以爹魔山之劍，在當今很少有人是他的敵手，我以爲，尋訪仇家決不是難事，只要找到久歷江湖的人，略一打聽，就能查訪出來，——把能夠敵得爹的人，寫在名單上，不會超過五六個人，這五六個有名的人物，誰跟趙家有過仇隙?很容易查明的。」

「妳這一說，我更想到可疑的地方了，」黑吉沈沈的想了一陣說：「爹那年是被人用劍刺死在荒山大覺寺的台階上的，這可想出：仇家是個用劍的人，在五六個人裡面，只有用劍的才有可疑呢！」

「對！」采凡說：「大覺寺就在魔山附近不遠的地方，會不會在同門裡面，就有仇人呢？」

「這個，我倒忘了去問岳父了！」黑吉說。

「這倒很容易，」采凡說：「等過些時，稟明家母，我們一道兒到大覺寺去探望家父，只要他知道的事，他一定會告訴我們的。」

「但這樣也不成，」黑吉說：「這樣也只能找出可疑的人物來，並不能確定究竟誰是我的仇人?……在我從岳父手裡接過這柄寶劍時，我曾立下血誓，不能枉殺一人的，我無法逼著旁人和我動手啊！」

「我倒想出一個辦法來了！」采凡說：「依情理推測，仇家既能將爹刺殺，那他在劍上的造詣，一定比你要強。你日後出門尋仇，不必把尋仇兩個字說出來，只是暗藏在心裡，找到那有數的幾個使劍的人物，只要請他賜招領教，過招時，你使用絕招，逼得對方盡展所學，這樣，就能測出對方的真本領來了。」

「這真是個好主意！」黑吉說：「假如對方能勝過我，他才真的可疑，對方如果落敗，那麼，殺爹的就不會是他了，用我們這樣的方法，總會把仇家給找出來的。」

兩夫妻這樣細心的商量著，方法是有了，但他和她必須等待，——等待著兒子，而且要兩個兒子。

到冬天，采凡有了身孕，心急的黑吉指著采凡的肚子，認真的說：「假如是雙胞胎，一胎兩個男孩，那就好了，人說：一勞永逸，我就可以放心去尋仇了！」

「真要這樣，我也不願讓你一個人出去！」采凡說：「孩子交給外婆帶，我跟你一道兒出門。」

五、尋仇

在洛陽杜家老宅裡，采凡一胎兩男，使杜、趙兩家都能傳宗接嗣，承續香煙，這當然是天大的喜事，女主人順娘異常高興。她把兩個孩子中先落地的，一個取名叫杜裔昌，後落地的一個取名叫趙嗣廣。她既做了外婆，又做了奶奶，整個宅子裡，都洋溢著一片喜氣。

眼見著一片喜洋洋的氣氛，黑吉的心卻更沈重了。他爲了重然諾，全孝道，對岳父母守信，這一年多的日子，硬是咬牙苦忍度過的；沒有哪一天，復仇的火燄不在煎熬著他的心腑。如今兩個孩子同時落地，他出門尋仇的時辰已經到了，仇家究竟是誰？聰慧的采凡雖然說是不難查出，但他仍然摸不著頭緒，這在出門之前，非得要和采凡詳細商酌不可。

時季又轉到秋天了，俗說二八月裡，不寒不燥，正是適宜出遠門的好季節。夜來時，黑吉靠著窗子看月沈思，聽梧桐隨風飄葉的聲音，偶有一群早來的鴻雁，把邈遠的啼聲流響在雲裡。他正在感觸萬端的時辰，采凡悄悄的走了過來，一手撫在他肩上說：

「又在想著出門了不是？」

「妳要曉得，我已經等了很多年啦！」黑吉說：「我正想找妳商量，我們這趟出門，先該去哪兒呢？」

「上回我不是說過嗎？你要查訪仇家，最好先從『劍』字上著手。」采凡緩緩的眨著眼說：「如今，據我所知，在劍術上知名的人物，除了魔山雙劍之外，只有三個人可以相提並論的，一個是號稱南劍的方直，一個是號稱北劍的萬豐禾，另一個就是武當長老若愚道人，我們出門查訪，似乎也該從這三處著手。」

「不錯，」黑吉點頭說：「這三位當代的劍術宗師，我在魔山時，就聽大師兄賁四和岳父大人說過。他們的年歲都已經不小了，南劍方直，是三個人當中最年輕的一位，業已過五望六。萬豐禾萬老爺子，是八十出頭的人啦！而若愚道人靜坐潛修，也有很多年不出他的道觀。這幾位宗師，分居南北，和趙家向無冤仇瓜葛，我真難弄得懂這個？」

采凡也在燈光下低眉沈思著，這也難怪黑吉感到困惑，論起這三位當代的劍術大家來，在輩分上，都是和師祖沈長峰同輩，可算是魔山雙劍的老長輩了。其中南劍方直，素以剛正知名，隱居太湖旁，門規嚴謹，與世無爭。萬豐禾萬老爺子，早在幾十年前，倒是闖蕩江湖的人物，但後來也隱退河北萬家堡，多年不問外事了。若愚道人正如黑吉所說，更不會牽扯進江湖恩怨的漩渦裡去。那麼，這仇家究竟是誰呢？

「有些事情，很難照常理推測。」她說：「無論如何，我們得先到這三處地方走走，也許他們門下弟子做事，瞞著他們，若不親自查察，總難弄得明白啊。」

黑吉和采凡兩個決定出門，並且安排行程。依照采凡的計算，他們先東行至山東，轉赴河北，去拜訪北劍萬豐禾。然後沿大運河水路南下，到太湖北岸的茶樹崗子去拜會南劍方直。如果在上兩處地方仍然查不出眉目來，那就折向西北，溯江西行，到武昌換船，沿漢水奔襄陽，到武當去尋找若愚道人。

「這趟出門，說起來容易，」黑吉說：「其實真是路遠山遙，對我們兩個從沒出過遠門的人來說，更是艱難，恐怕不是一年半載就能回來得了的啦！」

「我知道。」采凡說：「尋訪仇家，原就不是一件容易辦的事，有我跟你在一道兒，再難的事，我們也要盡力辦成它。孩子交給母親照顧，你還不放心？」

「我倒不擔心這個。」黑吉說：「假如我們查過這三處地方，仍然覓不著仇家，我們又該怎麼辦呢？」

「這我已經想過了，」采凡說：「從武當下來，過老河口回來時，路經魔山不遠的地方，我會陪你一道兒去荒山大覺寺看望我爹，把尋訪的情形告訴他，以他的經驗，我想，他會為我們指出一條明路的。」

「這倒也是個辦法。」黑吉說：「總而言之，這趟出門，不把事情弄得水落石出，我是不會回到洛陽來的了！」

兩人把事情商量妥當了，第二天，黑吉就把要出門去查訪仇家的心意，向做岳母的坦直稟明。

順娘聽了，並不覺得詫異，她說：

「按照習俗，報父仇是天經地義的大事。你當初冒雪迎風的奔上魔山，要找你大師伯學藝，我就成全過你，如今杜、趙兩家都有了後裔，你也信守了承諾，自該放心的去了！……不過，在你行前，我有幾句話要告訴你，俗話說得好，冤家宜解不宜結，人世間的恩恩怨怨，糾結重重，你就是覓得了仇家，也要問明原委，不要不分青紅皀白就拔劍拚搏，那可不是根本解決的辦法。」

「我說，黑吉少爺，你如今長大成人了，在你們夫妻倆出門之前，老奴我也有幾句話要說。」老趙安在一邊說：「家主人趙震山，隨沈老爺子習劍多年，魔山劍法融各派武術精華，施展起來，到極精妙處，能熔劍身爲鐵汁，飛迸傷敵，一般劍士很難在他手下走過十個回合，不用說是取勝他了。而他死在大覺寺時，身上帶有七處劍傷，究竟是一人所爲，還是遭受圍攻，我是不通武術的人，不敢妄斷，我想，杜爺他該判斷得出的，實在摸不著頭緒，你們兩口兒，非到荒山大覺寺去見他不可。」

「您放心，趙安叔。」黑吉恭敬的回話說：「我已經跟采凡商議過了，要是我們走遍南北，還無法查訪出仇家下落來，我們就會到大覺寺去的。當初我跟隨大師伯學劍，就向他承諾過，除報父仇之外，決不枉殺一人，岳母的話，小婿自當謹記在心。」

爲了不驚動別人，黑吉夫婦倆收拾了細軟行囊，僱了一輛騾車，趁著天沒亮的時辰，就動身上路了。他們經鄭州渡河，至河北大名府，然後轉往臨清，再沿水路，由大運河北上，這樣舟車勞頓，足足走了半個多月，才到達萬家堡。

萬家堡是一個村鎮型的堡子，當地居民，大半是萬家的族人，街道土僕僕的，顯得古老，很有些蕭落。黑吉夫妻倆進入堡裡唯一的一家小客棧投宿，就便向掌櫃的探問起萬豐禾老爺子來。

「啊，年輕的客官，您找萬老爺子有什麼事呢？」掌櫃的叭著煙，那張裹在煙霧中的臉上，露出困惑的神情。

「在江湖上走動的，誰不知北劍萬豐禾老爺子的大名？」黑吉說：「我們夫妻路過此地，順道來投帖拜望他老人家的。」

「啊！這倒罷了，」掌櫃的說：「正因爲咱們老爺子名望大，每年從外路來拜望他的人，可多著哪。有些江湖人物，自以爲劍術功夫有點兒根底了，往往藉拜望爲名，專程來這兒討招的。老爺子他年歲大了，很怕俗手煩他，只要有人請他賜招，您知怎麼樣？——他只要他的徒孫輩亮劍應對，結果，落敗的都是來人，您說可笑不?!當今之世，能跟咱們老爺子走幾趟劍的，根本數不出幾個人來。」

「哦，這倒是實話，」黑吉說：「萬老爺子爲當世劍術宗師，假如一般人都能和他老人家對招，他就稱不得北劍了。」

「客官，你不是來向萬老爺子討招的吧？」那掌櫃的說：「你的行囊裡帶著劍，我一眼就看出來了。」

「算掌櫃的好眼力，」黑吉說：「我也粗枝大葉的練過幾天劍術。出門在外，攜劍防身，也是很平常的事情。說來不怕您見笑，一般習劍的人，一見著高手，就會不自量力的請對方賜招，一方面想藉此考驗自己的功力，一方面是多學一點經驗，他們不在爭勝，我想，萬老爺子也不會介意的。」

「對了，」掌櫃的說：「咱們老爺子也夠慷慨的，他立下一個條規，說是凡是外路來討招的，無拘勝負，在這兒的食宿全都記在他的帳上；凡能勝他徒孫輩的，就由他徒弟接見，贈送回程盤纏；若再能勝他的徒弟，就由他自己接見了。不過，到如今爲止，能闖過頭一關的，連一個人也沒有。」

「照這樣說來，早先來拜望的人，都沒見著萬老爺子嘍？」黑吉說：「我真沒想到，見他一面，竟是這等的難法?!」

「嘿嘿，倒不盡然。」掌櫃的叭著煙，笑說：「假如來客先投帖，不討招，萬老爺子隨時會接見他們，但進門之前，得先解下佩劍，這是文見的方法，根本就沒有關口可言。由這點，你就想得出咱們老爺子的爲人了。」

「多承掌櫃的指點。」黑吉拱拱手說：「您這番話，對初來乍到的人，幫助太大了。」

他和采凡回到房裡去，關起房門商議，他問采凡，聽了掌櫃的話之後，覺得怎樣?采凡想了一想說：

「照這種光景看來，這位萬豐禾老前輩，是位禮賢下士的君子人，八十多歲的年紀了，還不拒四方的俗客，單從這一點，也就看得出他的胸襟涵養了，……不過，我們看人，不能單從表面上看，你不妨仍然用投帖討招的方法，先敗他門下的弟子，然後再去見他，看他的言語態度如何？他要真和魔山有仇隙，絕不會輕易放過你的。」

「這話怎麼講呢？」

「這很明白，」采凡分析說：「世上的人有三種，一種是從裡到外的君子，一種是從裡到外的小人，這兩種人雖然好壞不同，但他們都是表裡如一，比較容易對付，唯有第三種人，——表面君子，暗中小人，最是大奸大惡。依我看，北劍萬豐禾如果不是第一種人，那他就是第三種人，我們必須把他試探出來。」

黑吉想了一想，點頭承認采凡的分析很有些道理。自己在年歲上，和萬豐禾相差一大截，實在難以光從外表上看透對方的究竟，俗話說：「知人知面不知心。」若不進一步的試探，是很難弄得明白的。

第二天一早，黑吉便備了一份拜帖，上面寫著「末學晚輩，洛陽趙黑吉夫婦專程拜候」的字樣，偕同采凡兩人，問明路徑，前去萬豐禾的宅子投帖去了。

萬豐禾的家宅座落在堡子正中，砌有方形的內堡，堡牆都是青磚，石灰和糯米汁澆嵌而成，顯出古老巍峨的氣勢。黑吉夫婦倆在堡門前投了帖，當時便有人把他們領進堡去。

堡門裡面，是一片廣大的平場，四周樹木成林，鳥喧雀噪，別有一番天地。和這片平場相對處，高高的屋基上，矗立著一片青煙似的瓦房，正面的前屋五開間，大顯門，高石級，兩邊分立著磨石的獅獸，氣勢恢宏，門斗上橫著一方金字匾額，上面寫著「萬家堡」三個大字。

這當口，邊門打開了，走出一個白淨斯文，模樣標緻的年輕漢子，看光景，不過十八、九歲的樣子，他敞著頭，穿一領藍色閃光的團花錦緞的長袍，臉上帶著笑容。

「趙爺，這就是萬老爺子的孫少爺萬福棠，他是代老爺子接待來客的。」領路的漢子說。

「原來是少堡主，」黑吉上前拱手說：「洛陽趙黑吉夫妻，特意前來拜候萬老爺子來了！」

「家祖年紀大了，」萬福棠還揖說：「一般遠道來堡的客人，都囑由小弟接見。趙兄和嫂夫人請進屋說話吧，禮數不週，尚請海涵。」

萬福棠把訪客夫妻延到宅子裡，奉茶落座，他問起黑吉的家世和師承，黑吉毫不隱諱的說：「家父逝世前曾習劍魔山，受教於沈長峰老爺子門下，世稱魔山雙劍之一。兄弟隨大師伯杜洪習劍，僅得一鱗半爪而已。」

「啊！令尊可不是上震下山的趙大俠？」萬福棠起身長揖說：「那真太失敬了，家祖教小輩們習劍，常提起魔山，並推許魔山劍術之精，舉世莫及。不過，聽說多年前，趙大俠一時失手，在荒山大覺寺遇害，真是太令人扼腕痛惜了。」

「不瞞福棠兄，兄弟這趟出門，專是爲拜訪當今劍術高手，切磋技藝來的。我總在想，仇家既能劍傷家父，必因魔山劍術尙有缺失的地方。爲人子者，立誓復仇，不能徒托空言，必得要修磨自己不可，這就是兄弟不遠數千里而來的緣由，……懇求萬老爺子親手指點一二。」

「趙兄，一般說來，因爲早幾年裡，江湖俗手前來討招的極多，所以，家祖就把這些事推在小輩頭上。」萬福棠說：「但您可不同，兄弟這點兒皮毛劍術，決非趙兄之敵，等我這就稟告家祖，我想，他老人家一定會樂意見您的。」

萬福棠看來斯文雅氣，談吐不俗，做人也極恭謙有禮。他揖退不久，喜孜孜的回來說：

「兄弟業已到後堂稟明家祖，他老人家聽說您是魔山雙劍趙大俠的哲嗣，便立時吩咐兄弟來請，敢煩賢伉儷隨兄弟到後堂去吧！」

黑吉夫妻倆隨著萬福棠穿房越徑，經過好幾道天井，更穿過圓門，走過跨院，到達一幢花木扶疏的屋子前面。這屋子極類大廟的方丈，四面開有圓窗，室內陳設極爲簡單，正壁間懸有醉草體中堂一幅，上面只有兩個龍蛇飛舞的大字「清靜」。室中設一蒲團，一個面貌清癯，鬚髮皆白的老人，盤膝趺坐在蒲團上，長毛一直懸掛至鼻尖。室前橫一座長長的石槽，槽心置土，植著很多種北方少見的植物——仙人掌。那兒設有兩把背椅和一張石桌。

「遠客來了，恕老朽不能起迎，」那老人臉帶笑容，開口說：「兩位請坐下來說話吧。」

黑吉謙讓再三，還是坐下了。老人說：

「老朽萬豐禾，早年被江湖道上過份抬舉，忝列北劍，其實，只是徒擁虛名罷了。生平羨魔山沈老爺子的大名，屢想去拜訪，但一直沒有機會，沈老爺子過世了，再也沒有機會討教了，也可說是慳緣吧。我可沒想到，若干年後，沈老爺子的外孫竟會光臨萬家堡，這樣看來，又不是慳緣了。不知賢伉儷這次來舍，有什麼事見教?!」

「萬老前輩，您想必聽說過廿年前，先父諱震山，在荒山大覺寺被仇家所害的事吧?……晚輩心裏有一團疑難，苦思不解，所以才來向老前輩請教的。」

「不錯，令尊大人遇害的事，實在是疑竇重重，被人長久談論過。」萬豐禾平靜的聲音裡略帶感傷：「問題是出在魔山雙劍舉世無敵，究竟是什麼樣高人，能使令尊身帶七處劍傷而死?!……我一生練劍，薄有根基，但我沒有能跟魔山劍交過手，對過招，所以也無法憑空臆想，胡亂揣測。」

「老前輩，」黑吉說：「晚輩爲報父仇，曾隨大師伯——也就是家岳習劍，據家岳說：他的劍法、招術，都和先父一樣。魔山劍法究竟是否舉世無匹？晚輩在沒訪遍高手和南北宗師領教前，一樣毫無把握。晚輩總懷疑世上各劍派，一定有高過魔山劍法的異士能人，否則，先父不會敗得那樣慘的。」

萬豐禾聽了，微微的搖了搖頭說：

「這太不可能了，誰都知道魔山劍法，力能洞山裂石，以神馭劍，以氣熔劍，江湖各劍派，包括老朽在內，望塵莫及。真有世外高人，也不會和趙家結仇了，何況老朽活了這麼一大把年紀，從沒聽說過有這種高人，……這個謎團，確實是很難解啊！」

「照老前輩這樣說法，晚輩摸索仇家，是永也無法找到了。」黑吉有些頹然的說。

「老朽倒想起一個辦法，也許對你有些幫助。」萬豐禾眼睛一亮說：「福棠的父親，也就是老朽的長子萬谷風，一口劍已盡得老朽的真傳，假如趙少俠願意和他對招，讓老朽在一邊觀看揣摩的話，以老朽的經驗閱歷，或可看出一些端倪來，說給賢伉儷聽。」

「晚輩願意當著老前輩的面獻醜。」黑吉說：「萬望老前輩能指點一條明路。」

「好！」老人抬頭說：「福棠，去請你爹帶劍出來，好領教趙少俠的魔山劍法。」

萬谷風是五十出頭的人，身材健碩精壯，兩眼深蓄精光，一望而知是有內家修為的人物。他身後隨來一個童子，手捧著一支劍穗垂懸的松紋古劍。

當他聽完萬豐禾老爺子簡單述明黑吉來此的原委後，欣然應諾，轉對黑吉夫婦抱拳為禮說：

「早就仰慕魔山神劍，難得有機會和趙少俠謀面，咱們這真是以武會友了。家父既欲揣摩魔山劍術，請少俠盡量施展，也許對少俠會有些幫助。」

黑吉也還禮說：「區區所習，不過是皮毛鱗爪，請萬老伯多多賜教，若有斗膽放肆處，更請原宥。」

說著，他轉身取劍，掣劍出鞘，站到水磨方磚鋪砌成的天井當中，徐徐吸了一口氣，立下了門戶。

他自踏進萬家堡，見過萬豐禾祖孫三代之後，業已覺得他們和自己父親被害，根本沒有關連，如今，他真的是抱著以武會友的心情，一試北劍的鋒芒了。

這些年來，他在魔山斗石坪，隨大師伯杜洪苦習劍術，窮究劍招的精妙，領會劍式的秘奧，但從沒跟人對過招，也不知道魔山劍術，究竟比別派的劍術高在哪裡？尤其這一回，他所遇的對手是北劍萬豐禾的長子，家學淵源，可見他是劍術高手，如果他落敗在對方手上，那麼，奢談復仇仍是空的，必得回去從頭苦練不可。

這時候，萬谷風也已從侍童手裡接過那柄松紋古劍，緩緩運劍，劍尖斜指黑吉，說了一聲：「趙少俠，請。」

「還請萬老伯先賜招罷。」黑吉半擰身形說。

萬谷風不願再行謙讓，他揮動長劍，發了一個虛招，那意思是仍讓對方先行發動。黑吉也就不再客氣，抱劍迴身，滴溜溜的一轉，一輪青芒便橫空而起，威勃勃的潑灑開來。

魔山劍法一經施展，便招招相扣，式式相連，虛中有實，實裡含虛，虛虛實實，奧秘無窮。初昇的旭日染亮東天的雲霞，鮮豔的霞影也映在重疊的劍影之上，晨風吹動簷鈴，噹啷，噹啷，噹啷的搖響著，也只一剎的功夫，黑吉的身影已裹在一片幻起的光幕當中，直向萬谷風捲逼過去。

而對方也不愧是北劍的傳人，那柄松紋古劍也幻出朵朵墨色的光花，封攔折架，劍與劍相擊，不時盪出清越的龍吟。北劍萬豐禾在兩人酣鬥的時辰，盤坐在蒲團上，雙目炯炯，全神貫注的凝視著。

萬谷風所習的北宗劍術，是以雄渾著稱，施展起來，大開大闔，力猛劍沈，但也不知怎麼的，一遇上奧妙無比的魔山劍法的招數，它就無法隨心所欲的施展了。萬谷風只覺得對方手上的劍和對方的心意相連，而且彷彿猜透了自己的心事，總是快上半招，恰恰的尅住自己，使自己根本覓不著轉守爲攻的機會，這真是自己生平從未見識過的魔劍。

黑吉並不明白這些，他只是按照大師伯杜洪所傳授的劍術招式，全力順序施展而已。逐漸的，他覺出對方的劍招雖然精純，但總在封擋隔架，無法回攻過來，他想起采凡教給他的方法，便將手裡的劍一緊，發出險招來，逼使萬谷風無法脫遁，非盡展所學不可。

魔山劍九九八十一招，黑吉聽大師伯杜洪說過，一招比一招精奧，一招比一招難解，一般江湖高手，過不了五九之數，非落敗不可。他施招過了五九之數，萬谷風仍然能在原地和他糾纏下去，可見北宗劍術真是名不虛傳了。

黑吉無意傷人，便踏步轉身，向斜裡後撤，將手上的劍慢了下來，故意開啟門戶，使對方有機會反撲過來。

萬谷風使劍數十年，盡得北劍萬豐禾的真傳，在北五省聲譽鵲起，經驗與火候都已達精純之境。一見黑吉緩住發招，就判明對方是存心讓自己取得主攻的機會，他不甘示弱，但也不敢存絲毫怠慢之心，大吼一聲，騰身發劍，劍勢化成一片黑虹，發出了破空的銳嘯，劍風以排山倒海之勢，浪湧而來；萬谷風施出的這套劍法，原是當年北劍萬豐禾在泰山日觀峰苦心研創的金剛七劍，也是北宗劍術中扛鼎的絕學。

黑吉一看對方劍與身合，勢若狂飆，也立即將劍勢一變，施出九九八十一劍中威力最大的一套九式，青芒暴長，直向對方森寒劍氣中襲進。但見金鐵之聲，錚然交鳴，火花騰舞中，雙方各自跳開凝立，黑吉穩穩的沒動，而萬谷風臉色變白，胸膛激烈起伏，頭髮披散，隨風亂舞，他上身的衣衫，也已被黑吉的劍尖劃破多處。

「好劍法！」北劍萬豐禾大聲叫說：「老朽練劍一生，最得意的金剛七劍也難敵魔山劍法，若不是少俠點到輒止，小兒怕已喪命了。」

「趙少俠藝業驚人，谷風甘心落敗！」萬谷風抱劍拱揖說：「說來慚愧，北宗劍法，枉擁虛名，今天得識魔山劍術精奧，才知天外有天。」

黑吉轉身把劍交給宋凡收起，對萬谷風說：

「萬老伯，請恕晚輩孟浪，動起劍來，不知深淺。」他說完這話，又轉向萬豐禾，跌跪下去叩拜說：「晚輩已遵老爺子囑咐，盡展所學，不知老爺子看出端倪來否？」

「老朽已經仔細的看過了。」萬豐禾點頭說：「魔山劍法，不用講，馭劍熔劍的絕學，各家望塵莫及，就是這一套連環不絕的招式，當今各派，怕也無人破得了。」

「老爺子必曾聽說過隱居太湖邊的南劍方直吧？」黑吉說：「晚輩一離貴堡，就會去太湖拜會他的。」

萬豐禾點點頭說：

「南劍方直，爲南方劍術一代宗師，這是不錯的，不過，卅年前，我曾和方直在一起較過劍，老朽使用的劍法，也就是今天谷風對少俠使用的劍法，結果是無分軒輊。即使事隔若干年，彼此功夫都有了長進，但比起魔山劍法的神奇奧秘，顯然還差得很多。」

「照老前輩的說法，南劍若不敵魔山劍法，那世上還有誰能勝過魔山雙劍的呢？」采凡在一旁說。

鬚髮皆白的萬豐禾冥思了一陣，然後緩緩的說：

「老朽業已說過，據老朽所知，魔山劍派之外，除了武當長老若愚道人以劍術名世，應該沒有其他的人了，……老朽是在想，少俠爲父復仇，志氣可嘉，但對令尊當年所結的恩怨，總不至於一無所知吧？只要能有蛛絲馬跡可循，也能摸出一點頭緒，不會只是在暗中苦苦摸索了，像這樣摸索下去，怎能覓得仇家呢？」

「難就難在這裡了，」黑吉說：「晚輩夫婦太年輕，只有老僕趙安約略知道一點，那就是當年，晚輩的祖父曾在洛陽北方遭人殺害，先父是爲復仇，才投拜到魔山沈老爺子門下習劍的，……至於仇家是誰，沒人知道。」

「既然如此，那老朽這局外之人，就無能爲力了。」萬豐禾嘆息說：「照這種情形看，這是屬世代的冤仇。少俠行前，老朽謹能以一語相贈，那就是冤仇宜解不宜結，就是見到仇家，也要問明原委，能解則解，老朽言盡於此了！」

黑吉夫妻倆拜別了萬豐禾祖孫，心裡又陷入一片茫然，天下之大，人群之多，幾達恆河沙數，正如萬豐禾所說的：像這樣在暗中苦苦摸索下去，怎麼覓得仇家呢？黑吉和采凡商議了一陣，決定仍按原定的主意，買舟南下，到太湖邊去拜訪南劍方直。

順風順水，船隻在荒涼的河上行駛著，黑吉望著四野蕭條的秋色和蒼茫的煙水，不禁感慨的對采凡說：

「我爲了要報父仇，拖累妳一道兒走南到北的奔波，如今是茫無頭緒，也不知復仇何日？更難免使妳忍受勞碌之苦了。」

「千萬不要這樣想。」采凡說：「既是夫妻，就該休戚與共，患難同當，只要我們有耐心，總有一天，會達成心願的。」

無力的秋陽灑落在灰黑的帆篷上，河水向無盡的天邊蜿蜒流過。這一對年輕的夫婦，在一片迷茫的境遇中，仍懷著希望，相互慰勉著，奔向更遠的地方，而未來究竟會有什麼樣的遭遇呢？誰也不會預知。

他們又經過將近一月的水程，穿州過縣，才到達太湖北岸的茶樹崗子。向方直的宅子投了拜帖，管門的老蒼頭接過那紙拜帖，噙著淚說：

「賢夫婦是來拜訪家主人的？可惜你們來晚了一步，家主人業已在上個月的月尾辭世了！」

「怎麼？您是說南劍方直方大俠辭世了?!」黑吉驚怔的說。

「可不是？」那老蒼頭哽咽著：「家主人人如其名，一生剛正方直，以他的身體和修爲，不該在望六之年就辭世的，但世事無常，誰敢料定呢？」

這可是黑吉和采凡做夢也沒料著的事，他們只有返回客旅了。

夫妻倆留在太湖北岸約有半月光景，暗中打聽，這一帶的居民，無論老幼男女，提到方直的病故，莫不臉現悲悼之色的。黑吉聽人傳講，這位南劍宗師，不但是個超絕的武術大家，而且滿腹經綸，兼通金石書畫，一向和平處世，大有仁懷，鄉民們都極敬愛他，視他爲忠厚長者。即使方直在世，像這樣的人物，也不會和趙震山被殺的事有任何牽扯的了。

「當初我們議定要去的三個地方，如今業已三去其二了。」黑吉說：「再去，就該去武當山啦！」

「那就去武當吧，」采凡說：「如果在若愚道人那裡，還不能發現什麼，你別忘記，我們還有一處地方可去，那就是爹出家的地方，也就是你爹遇害的地方，——荒山大覺寺，我想，我爹會全力幫助你的。」

黑吉默然的點點頭，似乎有所感悟了。

六、在崇山裡

江湖的道路是踩不盡的，黑吉夫妻倆幾經輾轉，由長江北經雲夢澤，到了鄂北武當時，時序業已轉至秋天了。

這裏的山群綿亙著，黑鬱鬱的，在橫壓的秋雲裡，顯得無比的幽深。黑吉和采凡曾到武當去訪問過，知道若愚道長並不在觀裡。多年來，他在北山深處結廬隱居，不問塵事，外來的訪客，很難見著他。

兩夫妻一商議，采凡說：「千里迢迢的跑到這兒來，不管遇著什麼樣的難處，我們都要想法子；若不見到若愚道人，這一趟不是空跑了嗎？」

「妳說得是。」黑吉說：「我們進北山去尋訪，我想，總會能見到若愚道人的。」

兩人的心意都是這樣，但北山比他們想像的更爲廣闊，他們從這座山找到那座山，這條澗越至那條澗，除了低迷的雲霧，滿山的荒草和滾滾亂石，就很難覓到人蹤了。

幾天之後，他們在北山村遇著一個樵夫，黑吉向他問起若愚道人這個人，那樵夫說：

「不錯，有那麼一位白眉白髮的老道人，在七星崖下隱居，已經有很多年了。小哥，你找他幹什麼呢？」

「愚夫婦只是慕他的名，想拜訪他，請教一宗事情。」黑吉大喜過望說：「不知從這裡去七星崖怎麼走法？」

「遠得很哪！」那樵夫用手指著西邊重疊的山影說：「朝西去，連翻三座大山，順澗朝南轉，才到七星崖，說起來很容易，走起來可就難啦！沒有十天半個月的工夫，到不了那兒，何況你帶著女眷，只怕連頭一座山都翻不過去吧？」

聽到樵夫說的話，黑吉不禁朝采凡多看了一眼。采凡雖不挺柔弱，但她未曾習武，連日來的跋涉奔波，攀爬險峻的山嶺，業已費盡力氣，如今，再要讓她跟著自己，去翻越那三座高入雲表的大山，只怕她真的難以支持了。

采凡也明白做丈夫的心意，便說：

「我們不妨到北山村歇上一天，添足乾糧和飲水，不必那麼急著趕路，走一程歇一程，我相信我還能跟得上，不會怎樣累的。」

「好吧，」黑吉說：「也只好照這辦法，讓妳跟著吃苦了。這兒太荒涼，我無法把妳另作安頓，跟我在一道兒，多少有份照應。」

他們在北山村歇了一天，添足乾糧和飲水。第二天凌晨，按著樵夫指點的路徑，一路翻山越嶺，奔七星崖那個方向走去。

這趟出門尋仇之前，兩夫妻曾經一再計議過，但自從分訪南劍和北劍後，兩人都覺得原先的估計錯了，無論北劍萬豐禾和南劍方直，這兩位成名的人物，顯然都是泱泱君子，自謙自重，贏得閭里的敬仰。黑吉也由此悟出：在俠義江湖上，明眼的人多得很，浪得虛名或是以權謀得名的並不多見，即使有，也不會長久；由此推測，武當長老輩若愚道人，更不會牽入趙家的恩怨之中了。

儘管他對此行不抱若何希望，但他仍不願意放棄探查線索的機會，——也許，憑藉若愚道人豐富的經驗和閱歷，能幫助他打破那個難解的謎團。

這樣足足走了將近十天，黑吉和釆凡兩人，終於到了七星崖下。

正如那樵夫所說，臨溪有幾株虯松，松前有座茅屋，有位老道人正歇在茅屋裡瞑目獨坐，他面前立著一隻古老的鼎爐，爐裏焚著沈檀，裊裊騰遊的煙篆，飄過他寂然的眼眉。

黑吉夫妻兩個在門前靜立了好一會兒，那老道人才睜開眼來，驚異的望著他們。

「兩位敢情是摸迷了路了？」他說：「在這兒，除了北山村採樵的，沒人會摸到這裡來的。」

「您就是若愚道長吧？」黑吉說：「晚輩夫婦是特意拜訪您來的。」

「我們來自洛陽，」采凡說：「我們這樣冒昧造訪，您該不會怪罪我們吧？」

若愚道人寂寞的搖搖頭，喟嘆說：「貧道老了，朽了，多年不問塵俗的事了，不知兩位遠道來訪，有何見教？」

黑吉把備妥的帖子恭敬的呈了上去，若愚道人看後，哦了一聲說：

「原來趙少俠是魔山雙劍之一趙大俠的哲嗣，貧道可真的失敬了。……想當年，趙大俠和杜大俠前後都到這兒來過，那還是在貧道初初歸隱的時辰，一晃眼，竟相隔許多年啦。」

「您說的杜大俠，正是家父。」采凡說。

「啊！那真太巧了！」若愚道人笑瞇瞇的打量著這對年輕的夫婦說：「趙杜兩家，上一輩既是同門，又結成了兒女親家，趙少俠英風颯颯，杜姑娘溫柔聰慧，真是天作之合，兩位有話，進屋來坐著談吧。」

黑吉和釆凡進屋落座後，黑吉首先說：

「道長不知有否聽說過，家父被人刺殺在荒山大覺寺的事，那還是十多年前的事情。」

若愚道人睜大驚疑的眼說：「這可是駭人聽聞的變故，貧道簡直難以相信，論起當代各派劍術，魔山劍合釋道之長，可稱天下無敵，誰有這種匪夷所思的能耐，能刺殺令尊呢？」

「晚輩夫妻也解不破這個謎團，」黑吉說：「所以才出門查訪，在今天之前，業已訪過北劍萬豐禾萬老爺子，也去太湖訪過南劍方直，但方大俠已過世了，前兩處都沒得著解答，才來求助道長的。」

若愚道人沈吟有頃，搖著頭說：

「說來怕使少俠伉儷失望，貧道對這件事恐怕幫不上什麼忙。若說有什麼線索，只有一點，那就是當年趙大俠和杜大俠來到七星崖，也都是尋訪仇人來的，因爲少俠的祖父和杜姑娘的祖父，都是被人殺害的。這宗江湖恩怨，由於對方都在暗中施行報復，使趙大俠和杜大俠都找不到仇家，——這正跟少俠伉儷來此一樣，貧道也是愛莫能助，至於後來他們能沒能復仇？那就非貧道所知了！」

「這我倒沒聽家父說過。」釆凡說。

若愚道人轉望著采凡說：「令尊大人現在何處？他還在魔山武館嗎？」

「他已經在荒山大覺寺落髮出家了！」

聽到采凡這樣說，若愚道人瞑目沈思了一陣說：

「少俠，我想，這事你最好去問令岳去吧。令岳和令尊同門習藝，朝夕相共多年，假如在令岳那裡再得不到線索，旁人更幫不上忙了。」

這就是黑吉和采凡夫妻倆辛苦半年的查訪所得，等於毫無結果，他們只有辭別了若愚道人，覓路出山。

一路上，黑吉有過獨自的深思，參詳若愚道人所說的話，一個可怕的念頭，像一條青色的閃電一樣掠過他的心底，這念頭使他有了不寒而慄的感覺。

在這之前，他真的從沒這樣想過，把懷疑落在自己的大師伯——也就是自己的岳父杜洪的頭上；依常理推測，那是不可能的事情，大師伯若是自己殺父的仇人，他怎會悉心傳授自己的武功和劍術，並且將這柄劍交給自己，鼓勵自己去復仇？他又怎會將他的獨生女兒采凡許配給自己？——在魔山那段日子裡，他隨時可取自己性命的。

不過，在自己出門尋仇的這半年來，發現有許多跡象，使自己無法不生疑念。因爲自己和采凡私下認定的三位劍術宗師，都和趙家向無嫌隙，同時，他們在劍法上也不可能勝過自己。這樣看來，唯一能勝過亡父的人，就只有杜洪大師伯一個人了。

這使他想起童年時刻，老趙安跟他講述過的，許多奇怪的復仇的故事；說是有些歹人，在殺人作案之後，心虛膽怯，往往會對對方的後代使用假仁假義的懷柔手段，以恩情籠絡的有之，收爲養子的有之，至於收徒傳藝的，更是常有的事。但自己跟隨大師伯杜洪多年，自信看得清楚，大師伯行得端，坐得正，絕不會是那種邪惡的歹人，他對自己，盡力教誨，並沒有故施恩惠。……即使這樣，自心的疑念始終難以消除，父親是在荒山大覺寺遇害的，大師伯要出家，洛陽附近的廟宇多得很，他爲何偏偏選上那座古廟削髮呢？

若說這是巧合，那也未免太巧了。是不是因爲他殺了人，覺得內心愧疚不安，削髮出家，冀能以此贖罪呢？

當黑吉內心反反覆覆的想著這些時，他才領悟到世情和人心一樣的複雜，恩與怨糾結，善與惡難分，……有時他想到大師伯對他的恩義，沈重如山的情分，而他竟然起了這種猜疑，內心反而有一份疚愧的罪惡感。好在他和釆凡已經回程了，渡老河口會經過荒山大覺寺左近，他和釆凡就要去看望出了家的人了，但願這一切的猜疑都是子虛，要不然，那就難以區處了！

這些隱藏在心裡的念頭，黑吉無法跟釆凡講出來，甚至於，他得極力隱忍著，不願形之於色，怕釆凡生疑，會使事情變得更爲複雜，這種痛苦，真是夠他承受的。

他不明白，人們爲什麼要含仇結怨？一代一代的報復下去，即使一時得逞，報了仇，吐了氣，但轉眼之間，卻又成了對方報復的對象，這樣輪迴無休，何時爲了呢?!而他正在踏破鞋跟，費力尋仇，他明白自己已不是聖者，只是一個血肉凡人，他早已陷在這種宿命的悲劇裡，難以拔脫了。

每想起那個冬夜，想到自己揉著睡眼，在白燈籠的光暈下所見的慘景，黑吉就覺得渾身血脈僨張，爲人子者，見到爹那樣慘死，立誓復仇，也是人之常情，說它悲也罷，慘也罷，痛苦也罷，做人除非不遇上，遇上了，任誰也難以處之泰然，……這也是人生的一面。

黑吉舉眼望著四周重疊的山嶺，童年時他望過山，覺得山是神秘的，如今仍懷有這種感覺；如果把人生比作這些山嶺，那些雲，那些霧，那些高高低低、起伏綿延的曲線，就該是人生各種不同的境遇。無論如何，身在此山中，總不能活活的讓山給困死，天底下，沒有攀不了的山，自然也沒有通不過的難關，人到這種地步，空想業已無用，只有咬著牙，一步一步朝前走啦。

等到走回北山村，采凡就病下來了。

黑吉雇人用軟兜把采凡抬至老河口，延醫診治，耽誤了近月的時辰。

過了河，他買了兩匹馬，加速行程。

那天過午之後，他們到達了臨近荒山大覺寺不遠的小山鎮上，覓店歇下來，他跟采凡說：

「妳的病雖好了，身子還算虛弱，今天早點安歇，明天一早，我們再上山去看望老人家罷。」

采凡點點頭說：「好，馬上一路顛簸，我委實倦得慌了。」

「由這裡去荒山大覺寺，我們的路徑不熟悉，」黑吉說：「妳先回房歇著，我到街頭蹓躂蹓躂，找人問問路去，這樣，明早動身時，就不必煩擾店家了。」

由於心裡另有打算，黑吉不得不拿話哄住采凡。他要單獨一個人，先到荒山大覺寺去，和大師伯杜洪見面，弄清這個疑案，如果不幸大師伯就是殺父的仇人，他得了結這個紛爭，而不願采凡在場。

他拎著劍囊踏出店門，解開拴在店門前酸棗樹上的那匹黑馬，他要飛快的趕往大覺寺去。

太陽煮紅了西邊天上的烏雲，天色說陰亦陰，說晴亦晴的，有醞釀著雷雨的意思。旱閃在天邊眨著眼，四周連一點風都沒有。翻過鎮郊一道不算高的土嶺，他就望得見石稜稜的荒山。

「大覺寺，這也許就是我趙黑吉最後的行程了！」他喃喃的說。

七、電閃雷鳴

像平時一樣，黃昏時分，大覺寺裡清越的晚鐘聲，一聲一聲的飛傳出來。黃昏的霞紅沒有褪盡，而天頂的烏雲凝聚著，低低的壓在殿脊上，雨意愈來愈濃了；大群不安的黑蝙蝠，像黑煙般的自簷角下旋出，在半空飛舞著；狂風乍起，搖響殿角滿生銅綠的風鈴，赤赤蒼蒼的，曳起一串顫抖的叮噹，微微帶著年深日久的幽古的淒涼。

忽然，從風裡捲來一陣馬嘶，緊接著，一個穿著緊身黑色衣衫的年輕漢子，手抓一柄寶劍，在山門前出現了，沒有人阻攔他，任他大踏步的穿過青石鋪成的天井，走到大殿上來。

「施主，」知客和尚手托著唸珠，趕過來稽首說：「您若是來燒香禮佛，就請把劍放下罷。」

「不，我是找人來的。」年輕的漢子說。

「施主，這裡是方外之地，都是出家之人，早就扔開俗務，了卻塵緣了，您要找誰呢？」

「哦！」年輕的漢子抱拳說：「我叫趙黑吉，我是專程來拜望杜洪杜大俠的，聽說他在貴廟削髮出家，只是不清楚他的法名。」

「不錯，他法名悟禪，如今是在看管經室，」知客僧說：「施主找他有何貴幹？」

「他是小可的岳丈，」黑吉說：「也是我傳業授藝的師伯。」

「噢，施主原來是魔山雙劍之一，趙大俠的後嗣，」那知客和尚說：「悟禪和尚早就託過貧僧，說是小施主定會來的，他在等著你啦！」

知客僧說著，喚出一個小沙彌，要他引領黑吉，到大殿左方的藏經室去。

藏經室進屋處，有一間小室，圓窗外，掩一叢碧竹，映一室的幽光。黑吉看見大師伯杜洪寂坐在室中的蒲團上，正垂首低眉，數動唸珠。他棄劍在地，趕上前去，單膝跌跪，叫了一聲：

「岳父大人，小婿黑吉，特來叩見您老人家。」

杜洪緩緩的抬起頭來，望著黑吉，黑吉叩了個頭，也抬眼望著他。

兩年沒見，黑吉很明顯的看得出，大師伯老了，也瘦了，他那白盡了的長眉，遮不住深陷的眼窩，他的顴骨高高突起，使瘦削的兩腮凹成黑色的洞孔，他的兩眼呆滯無神，失去了往日的光采，他業已變成一個孤獨無助的老人了。

「黑吉，你終於來了！」杜洪緩緩的說：「我知道，你一定會來的，洛陽老宅怎樣了？」

「我跟釆凡有了孩子，」黑吉說：「一胎兩男，恰好分承了杜趙兩門的宗祧，所以才能辭別岳母，和釆凡結伴出門尋仇。」

「好。」杜洪噓了一口氣，問說：「你們去了哪些地方呢？」

「我們去找過北劍萬豐禾，找過南劍方直，」黑吉說：「更深入崇山，會過武當的若愚道人，但都沒得到結果，至少我知道，他們都不是我的仇人。」

「世上事，有其因，必有其果。」杜洪說：「結果總歸是有的。我說黑吉，你是個重信誓，重然諾的好孩子，得婿如此，我可以無憾了！你要知道，誰是殺你父親的人嗎？」

「誰呢？」黑吉說。

杜洪回手指著他自己說：「那就是我！我想，你早就該猜著了！」

黑吉楞了一楞，臉色變得蒼白起來，他點點頭，挫響牙盤，憤怒而痛苦的說：「不錯，我曾這樣想過，但卻沒料到臆想成真。今天，拋開恩怨，你總得把這事交代清楚，家父和你，誼屬同門，情逾手足，你曾手執宣誓不得尋仇之劍，爲何要殘害師弟呢？」

對於黑吉的厲聲怒責，杜洪很坦然的承受了，他嘆口氣說：

「我既坦認這宗事，就不必再對你隱瞞什麼。想當年，當我像你這樣年紀時，我曾跟你一樣，迎風冒雪的三上魔山，叩求長峰老爺子收我爲徒，苦練劍術，冀求能報父仇。我在父仇沒報前，一身爲復仇活著，到處去尋訪仇家，但等我報了仇之後，我只留下無窮的悔恨罷了！」

「我不明白，你所說的這些，跟你殺我父親，有什麼關聯？」黑吉忿然的說。

「當然有關聯！」杜洪說：「後來我才弄明白，杜趙兩家原是世仇，不必朝上推得再遠了，你祖父曾在黃河岸邊殺了我的父親，……如果說報父仇是天經地義的事，我和你父親各盡所學，捨命相拚，又有什麼不對呢？」

他這樣一說，黑吉的臉色更爲蒼白了。過了許久，他才開口問說：

「你是怎樣覓得仇家的呢？」

「哦，那是長峰老爺子病重時說出來的，」杜洪黯然的說：「師父病重時，那夜他把我和震山師弟喚至他的病榻前，說出他爲什麼同時要收我和震山爲徒的原因，……他老人家早知杜趙兩家是世仇，要使這種仇隙在我們身上化解掉，因爲初上魔山時，我們就立過重誓，同門決不相殘的。」說到這裡，他頓了一頓說：「但震山明白這事之後，以爲我是他殺父的仇家，堅持約鬥，你算是親眼看到那結果了！」

「你不畏懼報復？」黑吉說：「你原有很多機會殺我，但你卻傳授我的劍術，還鼓勵我復仇，這又是什麼道理呢？」

「這你不必再問了。」杜洪嘆說：「黑吉，劍在你的面前，你撿起來，殺了我吧，我把釆凡匹配給你，我的後代，也是你的後代，你殺了我，朝後可再沒有人向你尋仇了！」他說著，口宣一聲佛號，瞑起雙目來，安心的等待著。

黑吉撿起那柄劍來，並沒拔劍出鞘，卻將他手裡的劍遞到杜洪的面前去說：

「為人子者，若不能報得了父仇，那還有何面目在人世間活著，你拔劍成全了我，也就罷了！」

「不！黑吉，」杜洪搖頭說：「該死的不是你，是我！我違犯了師門的戒律，早就該一死自贖；我等著這一天，業已等得太久了。如今，我已削髮皈依佛門，怎能再舉劍？你還是成全了我罷！」

兩人這樣痛苦的僵持著，外面起了雨前風，激起一片簷鈴的聲音，緊接著，閃電如蛇，抖起青白色的幻光，一聲雷響之後，暴雨便嘩嘩的瀉落下來了。

「我看這樣罷，」黑吉終於拾起劍來說：「我不能用劍對付一個手無寸鐵的長輩，我的劍術，全得自你的傳授，你不妨摘劍和我對敵，死生由命好了！」

他說著，爬起身來，掣劍出鞘，一個倒躍，退出經室，在滂沱大雨中等待著；形勢迫至這般程度，杜洪自知無法善了啦，他便也躍起身來，摘下懸在壁門的長劍，掣劍出鞘，飛躍到大雨中來。

大覺寺的石塊鋪成的天井，平坦寬闊，正是施展劍術的地方。正殿的石階前面，安放著一隻大鐵鼎，雙方立下門戶，在鼎前盤旋著。寺裡的僧侶們見到這樣的情形，便停了晚課，驚駭的擠在廊間觀看著，他們不通劍法，不諳武術，也無法排解勸說，只有作壁上觀的份兒。

「動手吧，黑吉，」杜洪說：「我死後，望你善待你的岳母，……我是寧可死在你的劍下，我的劍尖，再不願沾上你的血了。」

「不必那樣，」黑吉說：「采凡如今住在山鎮的客棧裡，我死後，請告訴她，替我裝棺，就在這裡埋葬吧！……這裡是家父喪身的地方。」

大雨，像萬千白茫茫的箭鏃般的激瀉下來，閃電掠過，一切都是青色的，愛和恨衝擊，恩與怨交纏，使眼前的情景，如同煉獄。

忽然間，杜洪大吼一聲，縱身躍至鐵鼎上，手揑劍訣，舉劍朝天，黑吉以爲對方要發招了，但對方並沒發招，一道青色的大閃被劍尖接引下來，轟然一聲雷震。

在那一剎之間，黑吉的眼前，出現了一場使人駭怖的景象，——劍身是紅的，人身是紅的，鼎身也是紅的，那是熾烈而透明的火焚的顏色。等那一剎那過後，對方仍舉劍立在鼎上，但已化成一塊黑炭了。

他這才想到，對方摘劍躍出，根本沒存和他決鬥之心，他凝功舉劍，以劍尖迎向閃電，引天火以自焚，這算是費盡了苦心；一方面，他成全了黑吉復仇的心意，一方面，又免除了黑吉殺害岳父的罪名，解了仇，化了怨，卻使他自己變成一塊黑色的灰燼了。

黑吉的仇恨，也在這一剎間完全的瓦解了，他扔開劍，不顧一切的奔過去，抱住已化為黑炭的他岳父的遺體，痛切的嚎啕起來。

這時候，另一陣馬嘶從山門外傳來，采凡在山門口出現了，也恰好目睹了這樣的慘景。當年輕的黑吉痛不欲生，摸起那柄尋仇的劍來，要刺向他自己的胸膛時，采凡奔過來把劍柄奪住了。

「不要，黑吉，」她哭泣說：「把劍給葬了吧！」

八、葬劍亭

時光輪轉過去，人間的愛和恨，恩和怨的糾結，仍層層疊起，無止無休，但無論是什麼的事件，也只是一時的電閃雷鳴，風狂雨暴，它總會過去，並被埋入時間的塵土，仇在何方？恨在何處呢？

大覺寺也跟隨著時光的輪轉，變得頹圮不堪了。斜陽無力，映照著一片蔓草荒煙，使這遙遠的復仇故事，更使人嚮往了。因爲這個聽來荒緲的故事，不同於一般以武犯禁的復仇故事，它對「俠」字，有了更高的詮釋，那就是似海的寬容，開敞的仁懷，它是解除怨仇最佳的法寶，遠較寶劍凌厲，它在心裡，亮起另一種鋒芒。

破舊的殿宇的側面，邁過一道殘圮的圓門，蔓草叢中，斜陽影裡，有一座堅固的石亭還立在那裡，亭前立著一塊石碑，碑前刻著「葬劍亭」三個大字，亭身下面，據說就埋著世上知名的兩柄寶劍——魔山雙劍。

石碑背後，有整齊的楷書，從頭到尾的刻下這個故事，那是大覺寺的老方丈親手寫下來的。偶來的遊客們都會在亭上徘徊，並細讀那個故事。

亭身的石壁上，題滿了那些遊客們感懷的詩、文、字句，有的人用白粉寫著：

「讀葬劍經過，天下復仇的故事都該埋葬了！」

有人用黑炭寫著：

「武俠英豪俱已矣，請君一看葬劍亭！」

更有人發爲議論云：

「世人遇不平事，有論武者，論理者，論法者，但均不若論仁爲上。」

但無論後世人用怎樣的觀念去看它，葬劍亭的故事是不會變的；即使它荒誕不經，連野史都談不上，但它和歷代存活過的中國人的心胸，緊密相連著。

悲劇雖同樣是悲劇，但在血腥之外，總給予人一種儆醒，一種激發，這也許就是我願意深夜秉燭，寫下它的緣由吧。

我總覺得，當時代的潮流向前急湧時，一個人與其隨波逐流，以前衛而自豪，倒不如追溯遙遠，回顧湮荒，在疑真似幻的墨色情境中，融入古老的人心，反而能使生命有些厚度，——幾十寒暑之後，你不也是歷史嗎？

你能留下些什麼呢？

一片孤雲？抑是幾絲寒雨？

橋頭奇案

剛上任的縣太爺侯俊，頭一天坐堂，就遇上這宗怪異的案子。縣裏有個地方叫馬家河，偏僻荒涼，少見人煙，據文案師爺說，多年來一直平安無事，沒見到公堂來爭訟的，甭說是這等人命關天的大案子了。

前來報案的，是馬家河當地的一名地保，瘦瘦小小的個頭兒，即使站起身來，也不及兩旁衙役的肩膀，甭說跪在那兒了。堂口離縣太爺侯俊公案較遠，那地保約莫是受驚過度，再加上鄉下老土怕見官，說起話來張口結舌，窩窩團團的聽不清爽，侯俊忍著性子側耳去聽，也只知道是那兒鬧出了人命……。

俗話說，縣官最怕出命案，這話是假不了的，兩榜出身的縣太爺一聽說馬家河出了人命，兩道眉毛朝起一攏，心裏就打了疙瘩了。甭看這小小的七品前程，可不是輕易掙得來的，三更燈火五更雞，寒窗前苦熬了十多年，科舉之難，更難過過五關，歪著身子揹考籃進場棚坐號，在一片屎臭味裏，搖頭晃腦的嚼字咬文，爲的是什麼？熬到兩榜掛了名，掙著這個縣令，小雖小，卻是日後錦繡前程的起步；若是風平浪靜呢，待不了多久就有昇遷，若是出師不利，一上來就遇著一宗無頭命案，緝不了兇，破不了案，可不把整個前程都給砸了?!

「你是馬家河的地保?」

他微帶憎嫌不快的意味，不輕不重的拍動驚堂木，瞇起兩眼朝下問說。

「是。」在公堂兩側壁柱上的燈火映照中，跪縮於堂口的瘦小人影像毛蟲般的蠕動著，叮叮的叩下頭去，稟告說：「小人馬福祿，是…是馬家河當地的地保……」

「嗯。」侯俊若有若無的嗯了一聲。堂外的天還沒大放亮，望出去黑青青的，五更天的黑裏住的這個大堂，燈火帶著斑駁的黯紅色，人一坐到公案正中的背椅上，審問起命案來，不是包公也會自覺有一股包龍圖的味道。兩榜出身，年輕初歷任的知縣，遇著這樣重大的刑案，外間不知有多少隻眼瞪圓了瞧看著。人說新官上任三把火，要是自己不能在這宗命案裏露上一手，那就算不得科班了。可是，話又說回來，包龍圖可不是那麼容易做的，歷朝歷代的官員，誰不想在老民眼裏被看成明鏡？比作青天？……侯俊呀，侯俊，這不是胡思亂想的時候，還是認真的問案最要緊。

「那馬福祿，你上來一點，本縣有話要問你。」

他忍住興起在睏盹裏的憎嫌和不快，把話音兒儘量放得緩和的說：

「你剛剛說，那屍首是發現在什麼時辰？」

「是……是昨天午後。」馬福祿朝前膝行幾步，略略放大聲音說。

「地點是在？——」

「跟大老爺回稟，是在馬家河河口的小木橋上。」

「你不要慌張，且把原委經過詳情，從實再說一遍，」他又轉臉吩咐說：「文案要備齊紙筆，把他所說的，逐一謄錄下來存案。」

馬福祿還是緊張惶恐，在縣太爺說話時，只管朝上叩頭，好像這樣才夠盡心。縣太爺侯俊吸了一口沁涼的大氣，權當吞服一粒醒腦丸，兩手分撐著案角，上身搖晃一下，微微聳起肩膀，做出很威嚴的姿態，說：

「替我說下去，馬福祿，屍首可是你首先親眼見著的？」

「不錯，大老爺，是小人親眼見著的。小人騎驢去馬家河東收賬，經過河口的小木橋，在橋面上見著那一具屍首，人全嚇軟了。」

「怪事！」侯俊說：「河上的木橋，該是來往行人必經之處，假如這案子發生在早上，不會等到午後才由你發現?!……在你之前發現的人，早該到官報案的。——屍首是冷是熱？是軟是硬？當時你摸過沒有？」

「跟大老爺回，小人沒有敢摸。」馬福祿說：「那屍首沒有腦袋，一腔子血全淌在橋板上，小人發現大灘的鮮血業已凝成血塊，估量命案是出在早上，屍身挺硬的，看著就知早已冷卻了。」

「男屍還是女屍？」

「男屍，大老爺，一看就知是男屍。」

了。」

「附近可有人頭？」

「有。」馬福祿說：「人頭落在木橋底下的河心裏，小人在橋上一眼就瞧著了。」

「胡說。」侯俊拍動驚堂木，喝問說：「人頭沈在河心，你怎會一眼就見著?!」

「稟告大老爺，馬家河是一條旱河，只有在秋季大雨後，河心才有積水，……人頭是落在河底的沙地上，小人因此才容易見著。」

「你認不認識死者？」侯俊頓了頓，接著又順理成章的詰問下去。

「小人認識，」馬福祿老老實實的說：「那是跟小人同村同族的一個晚輩，算來還是小人的堂侄，人都叫他馬老實。」

「唔，馬老實……」縣令想了一想說：「名字雖叫老實，依你看，他平素為人，像不像他的名字那樣老實呢?馬福祿。」

「稟大老爺，馬老實可真是個道地的老實頭，只怕普天世下，再也找不出第二個像他那般忠厚老實的人了。他家有老母妻兒，自己耕著幾畝田地過日月，極本份的。耕田種地不叱牛，公雞鬥架他都要拉一拉。」

「這等老實人，竟會遭到殺身之禍，真是怪事了?!」侯俊苦惱的說：「你是地保，據你所知，那馬老實生平有沒有什麼仇家?」

「依小人看，決計是沒有的，大老爺，您想想看，他那種老實人，怎麼會跟人結仇呢？」馬福祿叩了個頭，又想起什麼來說：「還有一宗小人不解的怪事，得要當堂稟告大老爺的……。」

「有什麼事要講，你儘說來。」

「大老爺，小人發現馬老實那具沒頭屍骸的時候，他手裏還緊握著一隻長柄的大芟刀（形同鐮刀，唯較大，柄亦較長，為芟草時所用。）芟刀的刀口有血，那血跡，一直順著木柄，流到他自己的手背上，依小人看，好像是他自己割掉了自己的腦袋，不過，天底下從來也沒出過這等的怪事，——自己割掉自己的腦袋，還望大老爺明斷。」

「嗯，天底下竟有這等的事情?!」侯俊嘴裏這樣的喃喃著，心裏透著一股子冷氣。

自己的運道不佳，可不是，剛剛走馬上任，就遇上這種怪異的命案。說它是天下第一奇案也並不爲過，算它包龍圖斷案如神，這案子可比烏盆案更難了斷。看光景，若沒有奇蹟出現，這個七品前程，準完。

「那馬福祿，」他嘆了口氣說：「本縣要問的話，問到這兒暫時打住。你退下去，聽候使喚，待本縣打道馬家河，親自查勘了命案現場的屍身再說。」

「是。謝過大老爺。」馬福祿如釋重負的叩拜如儀，站起身，朝一旁退了下去。

這一陣詰問，耗去了半個時辰，文案在一側沙沙揮筆錄事，著報案的地保馬福祿畫押存卷，兩邊忍住呵欠的衙役，都強睜倦眼，靜靜等著堂上發話使喚。而堂上那位兩榜出身的縣令，以一手撐額，半歪著身子，一直在苦惱的思索著。

天，逐漸的放亮了，使得虎頭瓦扣成的前廊的黑影，明晰的顯露出來。透過廊影望出去，灰霾霾的雲在低空厚積著，一望便知是陰而無雨的天色，不過，堂口的青色方磚反著潮溼，不久定有風雨。即使馬家河偏僻荒涼，離縣城有好幾十里地，爲查究這場命案，也非得辛苦一趟不可了。

「著即吩咐備轎，」他呆了一陣才說：「文案，衙役，全隨本縣去馬家河查案，傳喚仵作跟隨驗屍。」

縣太爺這一示下，衙役們跟著呵喝起來，無論案子多麼難法兒，堂口上這份氣勢總還是有的。如果用拿著鴨子上架這句老話來形容，那麼侯知縣就是倒掛著的烤鴨了。不豁著命偵破這案子成麼？

剛剛到手的七品前程哪！

太陽也曾在雲縫裏好奇的探了頭，打算袖手旁觀看看熱鬧的，等到看清挺在馬家河口小木橋上的那具沒頭的屍體，和落在橋下的那顆血淋淋的人頭時，膽就怯了，白著那張圓臉，退縮到雲縫後邊，偷偷的斜睇著。等到再瞧見那個神色不安，冷著臉鎖著眉的縣太爺，不時抬頭望天，硬想在人群之外找個幫手，事不干己的太陽一嚇，就全身而遁，再也不敢露面啦。

驗看屍首的仵作，遵照縣令的吩咐，詳細的查驗死者，又下河去查驗那顆人頭，查驗的結果是：驗得死者馬老實一名，係由利器自後頸猛力砍入，割去頭顱而致死。經細察死者頸部傷口，極為平滑，顯係一刀畢命，復查傷口與其右手緊握之芟刀刀口相吻合，蓋可斷定其自身所握之長柄芟刀，即為遺留於現場之兇器……。

驗屍的結果，跟地保馬福祿報案時的供詞一無二致，仵作可不管案情撲朔迷離到什麼程度，他們一五就是一五，一十就是一十，驗完把結果存案了事。當然，把所有的疑難，全按到前程似錦的縣太爺侯俊頭上來了！

快交五月的天氣，該算是春夏相交之季了，馬家河兩岸的田野上，勃長的青禾子業已齊腰，遠遠近近，綠潑潑的一片，可憐這位兩榜出身的縣太爺哪還有心腸賞玩鄉野景色？面對著這宗空前的怪案，他急得一頭都是汗水。

死者還是原姿不動的橫躺在小木橋的橋面上，腳上穿的是一雙露出腳趾的草蒲鞋，身上穿著一套褪了色的藍粗布褂褲，手裏還緊抱著那隻長柄的大芟刀。縣官侯俊繞著屍首打轉，死人再看八遍也還是死人，誰也無法吹它一仙氣，讓他活轉來銷案。

馬家河西馬家村的人，聽說知縣大人下鄉來勘察命案現場，男女老幼來了幾十口兒。死者馬老實的弱妻老母，也都跪到縣太爺腳前，泣不成聲的哀告這位青天大人，無論如何要查明此案的原委曲折，使陰間陽世的人和鬼能得心安。

侯俊心裏惶惶無主，雖也就地設下臨時公案，詢問苦主老馬奶奶和老實嫂，也傳問了死者同村的鄰舍，但他們的供詞，全跟馬福祿所供的一樣，那就是說：死者生平為人極為忠厚老實，根本沒有仇家。

老實嫂供陳：說是老實被殺那天，因為要到田裏去割草，前一天夜晚，磨快了那柄芟草的長柄鐮刀，二天起五更踩露水出門，身上還揣著一竹筒水和一疊烙餅，臨出門時，說他傍晚割完草就可回來的，誰知天剛過午，堂叔馬福祿就帶回噩信，說老實被割掉了頭，死在小木橋上了。

縣官查問仵作，果然在驗屍時發現盛水的竹筒和一疊烙餅，但這只能證實老實嫂所陳是實，算不得是破案的線索。

縣官侯俊查問多人，反來覆去仍無眉目，只好吩咐衙役和地保馬福祿好生看守現場，自領著文案和仵作回衙去了。……人走上了楣運，可不是？侯知縣在轎子裏盤算著，這算是什麼樣的命案?!仇殺？不是！情殺？不是！劫盜殺人？不是！這也不是，那也不是，但馬老實這個莊稼漢子掉了腦袋，確是真的，誰是真兇，卻根本無法查究，案子一時哪會破得了?!

話又說回來了，在這種逐漸轉熱的天氣，人死了，勢必要在經官勘驗後，發交家屬，安排落葬，這案子無法拖宕，至遲拖過複勘，屍身再不掩埋，就要腐爛生蟲了！等到現場變動，屍葬入土之後，要憑推斷偵破此案，恐怕更是難上加難！……三天兩日之內，有把握追查出真相麼？剛剛到手的七品前程哪！老天。

轎身在轎伕行走時肩胛的聳動中起伏著，文案師爺和仵作騎著牲口尾隨在轎後，雖說是陰而不雨的天氣，南風不起，四野全鬱著一股子蒸人的悶熱。

「請師爺他們倆趕上來，本縣要跟他們談談。」侯俊從打起的轎簾間探頭發話，對長隨說。

「是了，老爺。」

長隨傳話給文案溫師爺和仵作陳四爺，兩人催牲口上去，跟知縣答話，侯縣令說：

「兩位全在這兒，你們辦刑案多年，可曾遇著這等疑難的怪案子？本縣尋思再三，實在難以解破，——這天底下，哪有自己拿芟刀割下自己腦袋的？」

「相公您說得不錯！」溫師爺說：「這在道理上說不通，怎麼判法兒呢？」

「可真把我這查驗屍身的人給難住了！」陳四接口說：「相公您也親眼見著了的，死者頸部的傷口，跟他手裏緊握的芟刀刀口完全吻合，不差毫釐，依事實推斷，那柄芟刀，明明就是兇器！」

「也作興是兇手在奪去芟刀，砍殺死者之後，再把兇器塞在死者手裏，藉以脫罪的。」溫師爺點頭晃腦的說：「破這等疑案，不能不胡猜，也許動了靈機猜上了也不一定。」

「依照事實，師爺您的猜想也站不住。」陳四說：「在下查驗過，死者握刀的右手，拳得鐵緊，同時死者的人頭青筋暴凸，兩眼圓睜不閉，足可想見死者五更外出，黎明初起時路過木橋，一定遇著了氣憤不平之事，怒火中燒，想握緊芟刀跟誰拚命，一時誤殺了自己，但這種推斷，找不出任何證據，判不了案子。」

「判了呈上去，照樣結不了案的。」溫師爺說著，嘆了一口氣，「這事光是泛談不夠，今晚回衙去，還得苦費心機，最好是找出一絲眉目來，明早複勘後，先把死屍發交家屬落葬……。」

「嗨，真是難！難！難！」侯知縣拍拍他頭上的烏紗帽，一隻帽翅被他捺得歪歪的，也無心去整，自顧喃喃自語的說：「既非仇殺，亦非情殺，既非盜殺，亦非……自盡，究為何因，令人費解也！」

轎槓子吱吱呀呀的尖叫著，彷彿在諷嘲什麼，侯知縣全不理會，又搖頭晃腦的變換語詞說：

「非仇，非情，非盜……而世事凡有其果也，必有其因，證其果，而求其因，明其因，而索其由，何患其怪而畏其難乎？」

「老爺老爺，」跟班的長隨忍不住稟說：「您是在想這案子？還是在做文章？」

侯知縣彷彿壓根兒沒聽旁人在轎外說些什麼，仍然喃喃不休。師爺卻對那長隨說：

「相公他是斯文人，如今正費盡心機想案子，你休要打擾他就是。」

轎伕腳下輕快，師爺和仵作的牲口也頗賴腿得力，不到黃昏，業已趕回縣衙。侯知縣雖然覺得有些倦怠，但一想到和命案相關的前程，便強打精神，振作起來，不願在師爺和仵作之前露出倦態。溫師爺和仵作陳四，是做人僚屬的，縣太爺有意捉摸案情，沒得吩咐，當然只有捨命陪君子，打算陪著硬熬了。

侯知縣在平易近人這方面，倒還過得去，至少在他用著僚屬替他盡力衛護紗帽的時刻，更顯得殷勤。晚宴設在西花廳靜院裏，除掉侯知縣，就只有文案溫師爺和極有閱歷的仵作陳四，三個人酌著酒，談論著。

「溫師爺，」侯俊在言談中想起什麼來說：「你生平也辦了很多稀奇古怪的刑案，不妨藉此機會談說談說，讓我聽聽，也許有些案子，跟這宗怪案相近的，能觸動你我的靈機？」

「相公您這樣奉承，小可實不敢當。」溫師爺表面謙虛，暗中得意，不知不覺的伸手摸起他下巴那撮三彎九曲的小山羊鬍子來，「若說我在這縣裏多年，真的還沒遇上像這等怪異的命案，至於聽人傳說的今古奇案，倒是記得不少。」

「你們兩個，專談命案罷！」侯知縣說。

「命案也是各形各式的，」溫師爺說：「您剛剛在路上想得極好，有果必有因，姑不論是姦是盜，是情是怨，大約總會分成陰魂顯靈破案的，禽畜報恩破案的，再就因審案大人學識淵博破案的，——像十八反的案子，就是個活例證。」

「十八反，你說是？」

「就是食物剋忌。」溫師爺說：「不久前，北地一個縣份，夫妻倆，婚後恩愛度日，有一回，男的外出經商，數年方回，回家當夜就暴死在床上。仵作查驗屍首，渾身現出青一塊紫一塊的屍斑，銀筷子插進死者喉嚨，筷頭兒變黑，確證他是被人下毒毒殺的。縣官傳問四鄰，異口同聲全說他們夫妻恩愛，女人不至於毒斃親夫，但死者的兄弟，——也就是女人的小叔，一口咬定他哥是他嫂子害的，縣官用刑，女人至死不肯招供，反而極力呼冤。」

「聽起來，這並算不得疑難的命案呢！」侯縣令說：「只要下功夫盤問，不難水落石出。」

「相公說得不錯，」溫師爺說：「那是依常理而言，……這案子越盤詰下去，越對那女人不利了；有街坊見著死者逕自單獨回家，鄰舍婦道也供稱死者在家裏吃的飯，用的茶，當夜中毒暴斃了，怎樣說，那女人也推脫不了嫌疑。」

「後來怎樣？」侯知縣說：「那婦人對此又有什麼說詞？」

「婦人仍口口聲聲的喊冤枉，她供說夫婦兩人恩愛異常，她恪守婦道，勤儉持家，有四鄰爲證。丈夫在外經商數年，回得家門，她曾下廚烹鮮魚數尾，供其夫佐餐。其夫食後歸房，當夜暴斃床榻，她也不知緣由……。」

「照這樣說法，毛病是出在那幾尾魚上。」陳四說：「驗魚便知究竟了！」

「你是說話不離本行。」侯知縣說：「驗魚的結果如何？」

「魚是有毒的。」溫師爺說：「衙役當堂把死者吃賸的那盤魚餵狗，不到半個時辰，那狗渾身抽搐，翻身打滾，只盞茶功夫，伸了伸狗腿，也就嗚呼哀哉了。」

「魚既有毒，婦人實在難脫嫌疑，」侯知縣手握著酒盞說：「魚是她親手煮的，她沒下毒，難道灶王爺會下毒不成？」

「聽我跟相公說，」溫師爺抿了口酒，「堂上的知事因她提不出有利的佐證，即使有心開脫她，也沒法子開脫，只好定她毒殺親夫的罪名，先把她下在監裏。判案呈到府裏去，府官大老爺他跟您一樣，兩榜出身，既有來歷，又博學多才，……」

「哪裏哪裏，」侯知縣聽這一比，心裏憂煩淡了許多，十分的寬鬆受用，但也謙虛的說：「本縣究竟是初歷任的，一時哪能比得那位精明幹練的前輩人物。」

「相公何需自謙？」溫師爺盪出一個哈哈來說：「您滿腹經綸，出口成章，飛黃騰達的日子就在眼前了！」

「嗨，」侯知縣嘆口氣說：「到任後，頭一次坐堂，就遇上這種離奇的怪案子，運氣不佳，奈何？」

「啊！不不不，」溫師爺說：「正因爲相公您有大才幹，這宗案子才落在您的手上，呃，呃，這正合上了老古話所說：天將降大任於斯人也，必先苦其心志……讓您的才華見識，有個施展之處呢！」

十個做師爺的，有九個吃的是口筆飯，溫師爺久在其位，哪有不知嘴上奉承，筆下行文的道理？！端人碗，服人管也者，尙有死板呆滯之嫌，至於灌迷湯，捧大印，才是道地的功夫。

濃稠稠的一碗迷湯下肚，兩榜出身的知縣相公有了十足的後勁，酒飯後，著人掌起燈來，離席寬坐，溫師爺才把話題接著說了下去。

「府官大人詳研那宗毒殺親夫的判案，疑竇叢生，行文到縣裏，大意是說：但凡婦人，若無姦情，不受姦夫之迷惑慫恿，——正是相公所說之『因』，她就無由毒殺親夫，如今，親夫既已毒殺在前，判案上卻未提姦情隻字，希查明姦情確證，姦夫何人，再行定案。」溫師爺說：「這紙文書，無異是指其初判無據，著其重審。」

「好！」侯知縣讚嘆的說：「不失爲讀書明理的，判案的文書一到手，就看出癥結所在來了。你講下去，重審的結果怎樣了？」

「縣令提女犯重審，結果跟初審相同，既無姦情，哪兒來的姦夫？竭盡智慮，破不了那宗案子，只好摘了烏紗，將這宗疑案交給府官大人親審。」溫師爺說：「府官問供，供詞一無變更，府官大人也爲難了很久，他問犯婦，當天所煮之魚，係屬何魚？犯婦答稱是鯽魚，府官沈吟有頃，心裏默默有數，又問：『妳當晚煮魚數條，爲何自己不吃？』犯婦答說：『小婦人丈夫回家，業已是晚飯之後，幾條養在魚缸裏的鯽魚，係小婦人現行撈取，烹煮了給丈夫佐餐的。』府官點點頭，又問：『鯽魚養在缸裏許久了？』犯婦答說：『小婦人的丈夫，平素最愛吃鯽魚，小婦人月前得信，丈夫歸期在即，當時買了魚缸一口，向鎮上賣魚的李二叔，買了幾條活鯽魚養著，專候著丈夫回家解饞的。』府官轉臉問摘了烏紗的知縣說：『這樣的婦人，怎會是謀殺親夫的？』又回問犯婦說：『妳將魚缸放在何處？』答說：『在中庭通道旁的荊芥花架下。對了，大老爺。小婦人忘了說，當晚捧著魚盤走過荊芥花架，有幾朵荊芥花落在魚湯裏，小婦人把它揑開了。』府官說：『好，本府業已明白，妳是好婦人，確係受了不白之冤，待本府判決之後，妳即可獲釋返家。』當時府官提硃筆判說：『鯽魚忌荊芥，爲十八反之一，凡鯽魚與荊芥合，食之者立死，蓋具劇毒也。此婦乃懵懂鄉愚，不知食物剋忌之理，早經載於典籍，誤將飼養鯽魚之缸，置於荊芥花架之下，斯時荊芥盛開，落花水面，群魚爭食，業已蘊毒於前，此婦烹魚之後，捧行過芥花下，落花沾湯，其毒更劇，捧爲夫食，焉有不死之理。縣令學不淵而識不博，容有未見未明，致誤判此案，廉其情，尚可憫，仍著其歸循理事，唯應痛下功夫，免再陷人入罪。犯婦既無犯意，當告其理而釋回，著其立伐荊芥，免生後患也……。』」

辦了半輩子文案事的溫師爺，一說到這些事上，就忍不住的搖頭晃腦，甚至咿咿唔唔的，半吟半誦起來。

縣太爺侯俊聽完說：

「不錯，聽了師爺你所說的這宗十八反的案子，我自覺對偵破馬老實丟頭案極有幫助。那就是說，世上任何事物，都有其理，有些其理明而顯，有些其理隱而微，明而顯也罷，隱而微也罷，爲理則一。馬老實既已丟頭，必有理在，使人一時迷惑者，因其理在隱微處也！」

「聽相公的論斷言語，真如明鏡在懷，」溫師爺說：「那決計是錯不了的。」

「所以明晨複勘現場，本人除了勘驗死屍之外，還得細心追隱察微，才能在常理之外，找到正理。」侯知縣說：「一旦覓得機微，有理可推，案子就不難偵破了！」

晚風吹盪，西花廳一片清涼，三個人談論的題旨，還留在古今各式的奇案上。溫師爺說了十八反案，意猶未盡，又說了幾個冤魂顯靈破案的例子，勸侯知縣依樣葫蘆，齋戒沐浴，淨身獨處，焚香燭紙馬，祭奠馬老實。

仵作陳四說：

「師爺他說的，都極在理，屬下口舌愚拙，實在也說不出值得聽的道理來，煩瀆大人您的耳朵。不過，屬下覺得大人您適才所說，有些刑案，『理』在隱微處，實是至理名言，因此提出些拙見，供您參證的。」

「好，好極了，你的高見是?!」

「屬下覺得破這等怪異的案子，就是要朝『怪』字上著想。記得有一宗案子，也屬暴斃刑案，實在太怪，案子怪，破案也怪，不妨說給大人聽聽。」

仵作陳四述說起那宗怪案來，侯知縣傾聽著。

說是前些年，北地一個縣份裏，住著那樣一對夫妻，做丈夫的鄭心吾是個孱弱多病的中年漢子，像是一隻歪脖子鬆毛的病雞，做妻子的鄭王氏廿來歲年紀，像是一隻常常挨餓的乳狼。鄭心吾在家的時刻，乳狼尚有病雞可吃，雖說是半飢不飽，卻也聊勝於無。

婚後兩三年，鄭心吾不知聽了誰的慫恿，說是到閩粵經商，有厚利可圖。鄭家原本貧寒，鄭心吾著實想去南方走一趟，積賺一筆豐厚的錢財，好過一過寬鬆的日子。於是，拋別嬌妻上路，到南方去了。

鄭王氏身強體壯，又在青春的火頭上，閨房寂寥的日子著實很難熬，不過，她並不是楊花水性那一類的婦人，即使難熬，也咬牙熬過了。

鄭心吾這一趟閩粵去了四年多才回來，確也賺得不少銀子，一對闊別的夫妻，夜晚回房，當然免不了那個什麼，誰知甫行交接，就聽鄭心吾一聲慘叫，險如金紙昏迷過去，當時暴斃在床。

這宗案子報進衙門，縣太爺懷疑是鄭王氏謀害其夫，但經仵作查驗，死者渾身上下，別無一處傷痕，身上也無中毒現象，斷成謀殺，絕無可能。

縣太爺又懷疑死者因脫陽致命，召來監婆查驗鄭王氏，也無精跡。死者致命的因由，變成解不破的謎團。

複驗屍身，發現死者陽具前端有兩處紅點，似為某種毒物噬傷，夫妻在床，毒物何來？……

仵作陳四說到這兒，侯知縣說：

「怪案，這確是一宗怪案，跟馬老實丟頭案相比，兩者雖然不同，但有若干異曲同工之處。值得一聽！值得一聽！」

「那麼，這案子後來究竟是怎麼破的呢？」溫師爺說。

「我剛剛說過，案情怪，破案也怪。」仵作陳四接著說：「可巧這位知縣相公是個異想天開的人，他回後衙去，跟他娘子提到這宗案子，開心逗趣的說：『妳講罷，行房時被毒物噬傷龜頭，天下會有這等的怪事?!這兒是子孫窩，可不是蟲穴呀！』知縣娘子說：『你要破案，何不試試？——你不妨著監婆取一根帶肉的軟骨，在口兒上磨蹭著，真要有毒物在裏面，牠一嗅著肉香，定會探出頭上咬噬，若是沒動靜，你好死了這條心。』知縣說：『我這七品前程，就繫在一根肉骨頭上面了，也許弄出奇蹟來，保住這頂烏紗帽呢！』大人，您請萬勿介意，屬下只是轉述傳實罷了。」

「你儘說，儘說，」侯知縣一笑說：「也許我這頂烏紗，也正繫在你這番話上呢！」

「三天，」陳四清清喉嚨，又說下去，「那位知縣相公，真的喚來監婆，並且著人到市上買了一隻極似陽物的帶肉骨頭，遵照知縣娘子的主意，令犯婦鄭王氏褪去小衣，試驗起來。……監婆剛把那隻肉骨頭湊近那口兒上，就瞧見裏面探出一物，猛噬骨頭，監婆順手一拖，那東西被拖了出來，盛在磁盆裏，捧上公堂面稟此事。知縣再看盆裏的那東西，連頭帶尾，約莫有四五寸長，渾身肉聳聳呈肉紅色，有頭無足，嘴裏有毒牙二支，一上，一下，凸出口外，真是畢生沒曾一見的稀奇蟲子，當然無法叫出牠的名字來。」

「這毒物既已引出，犯婦鄭王氏已可脫罪，不過，不知此毒物何名，又因何寄生陰內？則此案仍沒法判定。知縣回到後衙，跟他娘子說起，知縣娘子說：『這鄭王氏可是嶺南籍？』知縣訝說：『妳何以得知?!』知縣娘子說：『家父當年宦居嶺南，也曾破過這種案子，當時有位飽學的師爺，就是這樣獻的計，——用肉骨頭把毒蟲引出來的。昨晚你提這案子，使我想及前情，故此獻議，想如法炮製一番，可沒料到前後兩案相同。』」

「怪案，怪案。」侯知縣叫說：「但不知這毒物的名字和由來？」

「知縣娘子是這麼說的，她說：嶺南天溼地熱，婦道多早熟熱情，假若遇上溫吞丈夫，房事不諧，久久鬱抑，變成一股鬱毒，在體內潛藏著，這並不要緊，要緊的是丈夫久出不歸，婦人又是個貞節的，常常癡盼癡念，又不得發洩，鬱至極處，便會生出這種毒物來了！」

「相公是盼望知道這毒物的名字呢。」溫師爺說。

陳四哦了一聲說：

「據傳聞，說這毒物一名陰虎，也就是陰中的老虎，又有一名叫做肉鱉，也就是肉中之鱉，遇陽即噬，其毒極烈。傳聞是這樣，說來雖覺荒誕無稽，也興對大人偵破馬老實一案有些幫助也不一定的。」

「好！好！」侯知縣說：「好在這個『怪』字上，看光景，明早複勘命案現場之後，本縣也得就怪字作文章，動動頭腦了。」

七品的前途雖小，但卻是一生宦途的起腳呀，不動頭腦成嗎？

這一夜，知縣侯俊是在西花廳書房裏獨自安歇的。不知是爲了淨身呢？還是對傳說中的陰虎和肉鱉生了恐懼？至少他自己明白：在某方面，他並不比傳說裏狀如病雞的鄭心吾高明到那兒去倒是真的……。

二天一早，侯知縣仍然著令備轎下鄉，溫師爺和仵作陳四照樣跟隨著，爲了方便回答知縣相公的問話，兩人控著牲口，一左一右的夾轎而行。好在衙門裏的牲口久經騎牠的人不時調教，雖然脊梁朝天，談不上進退應對，至少是有眼色，有分寸，驢頭總在知縣的屁股後頭。

等到太陽一竹竿高，又已經到了馬家河口。爲了慎重看守現場，馬家河口小木橋兩端，全由地保馬福祿和衙役們以豎立的木樁釘上蘆蓆，四面圍住，並在河口東邊搭起一座遮風擋雨的蘆棚，裏頭設有桌椅和茶水，專供知縣下鄉來時歇腿。

可是，侯知縣並沒歇息，一下了轎，就直奔橋頭驗看死屍去了。一串陰天後初見太陽，侯知縣也覺得經過一夜的探究，對偵破這案子滿懷希望，抬頭遠眺，心情變得開朗起來。

馬老實的屍首，被看守的人用草薦掩住，討了縣太爺的吩咐，衙役掀開草薦，蠅群飛舞，屍身業已發出一股蒸人的臭氣。侯知縣遠遠察看一番，看出死屍腹部膨脹，屍身附近的血跡早已乾結成紫色血塊，上面落滿野蠅子，附近腳步走動，野蠅子便營營振翅作聲，十分可厭。

「大人，您不需勞神，屬下來詳驗就是了。」侯知縣剛剛暗自皺眉，仵作陳四就上前打拱解圍。

死屍是昨天就看過了的，再看也還是如此，侯知縣心念轉動，便把精神放到現場周近去了。

馬家河，雖然當地人通稱其爲河，實在是有名而無實，連溪也算不上，非但沒舟沒渡，河心淺得幾與岸平，連一滴水也沒有。這座橫在河上的小木橋，橋面平，橋身低矮，兩邊並沒橋欄遮護，從橋面木板到河心沙地，相距不過四尺掛點兒零，人頭落處的沙地附近，生了一些旱蘆，人頭旁有幾塊豬羊大的砂石，石和沙接縫處，生了一些疏落的野草。

「看光景，這座小木橋並不是行人必經的孔道。」侯知縣對地保馬福祿說：「無怪馬老實清早掉了頭，橫屍橋上，直到午後才被你發覺的了。」

「大老爺，您說的是。」地保馬福祿說：「這兒的人，早起下田，各認田地方向，逕自橫過旱河，絕少走木橋繞道的。馬老實的田地恰好在橋東，因此他才會走過這座木橋。」

縣官嗯應一聲，又轉朝溫師爺說：

「昨天仵作驗屍，斷定死者馬老實在死前一剎，滿心憤怒，血脈僨張，極可能是遇著了不平之事。你想想，這兒地處僻野，鮮少人跡，又逗著黑青青的大清早上，死者會遇上什麼樣的不平之事呢？」

「不錯，相公的卓見。」師爺說：「這極爲要緊，也許正是破案的關鍵，容在下仔細想想。」

「那地保，」知縣侯俊說：「跟本縣下橋去仔細再瞧瞧，看看人頭附近，有沒有其他可疑的痕跡。」

侯知縣由溫師爺和地保陪著，緩步下橋，在人頭附近，橋身兩側，甚至橋孔底下，都仔細的察看了一番。沙上除了零亂的石塊，一些野蘆野草之外，並沒發現任何可疑的足印和其他東西劃出的痕跡，至於河岸邊到人頭附近的腳印，是昨天初次驗屍時公人踩出的，……侯知縣噓了口氣，正微惑失望，地保馬福祿扒開蘆葦，探頭叫說：

「大老爺，這兒倒有一宗東西了！」

「究竟是什麼樣的東西？」溫師爺遇上這等事，總狐假虎威的搶在頭裏表功，「快呈上來給咱們老爺過目，你，小心把它撿起來呀！」

地保馬福祿人雖還算不得老，那瞇唏瞇唏的兩隻眼睛卻不很靈光，彎腰伸頸瞅說：

「看樣子，像一條花布帶兒！年輕婦道用的那一種，沒錯兒的。」

「這就對了，相公。」溫師爺兩眼笑成一條線，忙不迭的說：「年輕婦道用的花布帶子，多好的線索，在這地曠人稀的旱河心裏，哪兒來的這東西呀？在下敢斷言，既有這種帶子，必有女子在這兒出現過，……也許這女子是馬家的閨女，清早與人野合，叫馬老實碰著了，他一動火，要與那男的拚鬥，反而因此送命……。」

誰知他的話還沒講完，地保馬福祿又在那邊叫了一聲哎呀，他說：

「哎喲，我的老親娘！」

溫師爺一聽，搖頭說：

「太不像話，我還以爲是素行浪蕩的年輕閨女，怎會是地保馬福祿的老親娘！……老掉牙還有這等淫邪興致，無怪族孫見著，要怒火沖天了。」

「那馬福祿，」侯知縣說：「你的老娘竟會埋在蘆叢下面？」

「不不不……不是的，大老爺。」地保馬福祿單膝著地，叩稟說：「小人看見花花綠綠的一宗東西，原以爲是一條女用的花布帶子，及至伸手一捏，原來是……是一條三尺來長的死蛇，腥臭腥臭的，小人猛吃一驚，便脫口叫起娘來了。小人該死，不該驚動大老爺的。」他說著，回手捏著蛇尾，拖出那條蛇來。

蛇是一條很大的青草蛇，估量著至少死去三天以上，渾身不見傷痕，但內臟腐爛，腥臭四溢，侯知縣捏起鼻子後退幾步，發話說：「地保，你再瞧，旁的地方，還有什麼東西沒有？」

地保馬福祿又找了半晌，指著一塊砂石下面說：

「有了，這兒還有一宗東西，掉在土窟裏。」

「是什麼東西，待我來瞧瞧？」

師爺撩起衣衩，趕過來一瞅，原來是一隻茶盞大的癩蛤蟆，那蛤蟆已經死了，但嘴裏仍啣著東西，——一種俗稱爲放屁蟲的毒蟲。人頭附近，找來找去，也只有這三樣業已死去的東西，這些東西，跟命案有何關聯呢？溫師爺文謅謅的搖起頭來。

「稟明相公。」他轉跟侯知縣說：「人頭附近，只查出三樣不相干的東西，蛇、蛤蟆、放屁蟲，全都是死了的，再沒有旁的線索好找了。」

侯知縣點點頭說：

「在案子沒偵破之前，不妨先著人把這三樣東西帶回縣衙，讓本縣參詳參詳再說。」說完話，抬頭又問站在橋上的仵作陳四：「你查驗屍體的結果如何？」

陳四搖搖頭說：

「不瞞您說，屬下查驗結果，跟初次查驗相同。」

侯知縣背袖著手，緩緩踱著方步，到蘆棚裏落座，沈沈的想著些什麼，過了半晌才跟溫師爺說：

「著人傳喚地保馬福祿和馬老實的家人來，先將屍體發交他們，安排落葬。陳四說的不錯，辦怪案要朝怪處想，看光景，這案子只得在蛇、蛤蟆和放屁蟲這三樣東西的頭上做文章了。」

「真想不透！」師爺困惑的捻著鬍髭，「這些東西跟馬老實的丟頭有什麼相干？這可不是猜啞謎。」

「先按照大人的吩咐，把牠們帶回衙門去再說罷。」仵作陳四掛上他盛放驗屍工具的袋囊。

回到縣衙時，天又快傍晚，眉目是談不上的，不過侯知縣算是鍥而不捨，在晚飯桌上，還一再重複著：

「放屁蟲、蛤蟆、蛇？……」

兩榜出身的侯縣令把溫師爺和仵作陳四都打發走了，西花廳的夜晚完全沈靜下來，他支著下巴，獨坐著，試圖解開迷惑人的疑難。

……放屁蟲、蛤蟆、蛇？……蛤蟆、蛇、放屁蟲？……蛇、放屁蟲、蛤蟆？三樣東西顛來倒去，還是三樣東西，說什麼也跟馬老實無關。他站起身來，緩緩的繞室踱步，覺得爲官辦案的滋味，更勝過當年應考時苦作八股文章。起承轉合，在這宗命案裏，壓根兒用不上，「起」是有了，命案發生就是「起」，輪著「承」，可「承」不下去啦！

「那，來人啦！」他忽然呼喚說。

「大老爺，呼喚小的，有何差遣？」跟班的過來承應著。

「替我去備辦春燭紙馬來。」侯縣令說：「我沐浴淨身後，好祭告死者馬老實的亡靈。」

人到急處，明知不是辦法也權當成辦法。溫師爺所講的那些顯靈報冤的奇案，自己也聽過不少，可信不可信是另一回事，事到緊急處，權且試試也無妨。有關鬼魂出現，自己並沒親眼見過，不過，老古人說的不錯：凡事寧可信其有，不可信其無，假如傳說無稽，那麼，像包龍圖日斷陽夜斷陰的記述，也都是荒唐之事了?!

把一切預備妥當，他走到花廳門前，站在廊簷下仰看天色，夜空多雲，偶見疏星，約莫是起更時分了。正待吩咐跟班的焚化紙箔，點燃香燭告祭，花廳那邊的角門一響，知縣娘子帶著手捧點心盒兒的小丫環，從後衙過來了。

「夫人來了。」跟班的稟說。

侯知縣一向有季常癖，一見夫人駕到，急忙奔過來迎進西花廳。

夫人說：「相公，你一連兩夜沒回內衙，必是有要緊的公案待辦，妾身不敢打擾，只是親自張羅了些點心，供相公宵夜，不知相公辦的，是什麼樣的案子?」

「嗨，」侯知縣嘆了口氣說：「頭一天坐堂，就遇上疑難的命案了。」接著，他就把馬家河西馬家村的地保馬福祿怎樣來衙報案，馬老實怎樣慘死在小木橋頭，他帶著師爺、仵作，以及一干衙役怎樣去現場驗屍，在人頭附近，怎樣覓著三種東西的事，源源本本的詳述了一遍。又說：「我想了一整晚了，這放屁蟲、蛤蟆和蛇，怎樣也和馬老實的死扯不上干係!正打算焚香點燭，祭奠馬老實的亡靈呢!」

知縣娘子聽了，一笑說：

「人不拜，倒去拜鬼？相公，你這書呆子，聖賢書你算白讀了，……敬鬼神而遠之，誰要你去拜祂？靠神靠鬼保前程，不怕婦人小子笑掉大牙？」

話雖是輕描淡寫笑著說的，卻針針見血，直戳到侯知縣的心裏去了，囁嚅半晌，才爲難的說：

「夫人，妳有所不知，這案子到眼前毫無眉目，又無法拖延擱置，所以下官才……。」

「才怎麼樣？」知縣娘子說：「才讓我一人在內衙獨自苦等？才躲在西花廳把腦袋當成漿糊盆？才著跟班的買來香燭紙馬拜亡魂？才連我親手做的點心也無心嚐一嚐？是不是？」

「是……啊……不是，不是！」侯知縣苦笑著，連連打拱作揖賠罪說：「夫人，妳千萬勿責怪下官，只要這案子略現眉目……我就理當回內衙。」

「案子包在妾身的身上。」知縣娘子說：「夫妻在一道兒，凡事也多個商量，強如你一個人在這兒悶熬，既勞神，又辦不了事，這就請回內衙休歇去罷！」

閫命難違，侯知縣只好沒精打采的亦步亦趨，跟著知縣娘子回內衙去了。

夫妻進了房，侯知縣的心仍然懸在馬老實的這宗案子上。知縣娘子問及昨夜在西花廳，都跟溫師爺和仵作陳四聊了些什麼？侯知縣便把溫師爺所講的「鯽魚忌荊芥」的案子，和仵作陳四所講的「陰虎和肉鱉」的案子轉述了一遍。

知縣娘子聽了笑說：

「破案就破案，幹嘛要說這些葷腥的事？」說著，揑了一塊精緻的點心，送到侯知縣的嘴邊說：「這些點心不在十八反的剋忌之內，你好歹吃點兒罷。」

侯知縣雖然有些食不下嚥，但還是勉強的吃了。

知縣娘子又暱笑著挨身過來說：

「你光顧忙案子，今夜我要不去西花廳，只怕你又把我給擠到心外頭去了！相公你說，究竟該是不該？」

知縣嘴裏塞著點心，咿咿唔唔的，連說：

「不該不該，下官真是不該……。」

「知道不該就好。」知縣娘子又說：「孔老夫子說過一句話，上面一個是『食』字，有了食，下面該怎麼辦？」

「這個……這個麼……」侯知縣面有難色的支吾著，旁的字句，容或遺忘了，唯獨對「食色性也」這句話，印象深刻，無法遺忘，不但牢牢謹記在心，而且在平常時日，也是身體力行的。不過，如今命案還懸著，前途沒卜定，實在沒那種心腸。

「怎麼著？」知縣娘子滿臉嬌嗔的擰揑了他一把說：「你是存心不良，也想學那鄭心吾？」

知縣娘子這麼一來，侯知縣不敢再辯了，縮縮腦袋聳聳肩膀，心想，由家而國，古之明訓，今晚上看光景，不管命案多麼惱人，也只好遵照閫令，先「安內」而後「攘外」了！

安了內，侯知縣又問起話來：

「夫人剛剛說過，那案子包在妳身上，如今該明告下官了罷？」

知縣娘子嬌慵無力的點點頭，在枕上側過身子，伸手剔亮床頭妝臺上的燈，緩緩的說：

「相公，你聽著。你剛剛一說出那三種東西：蛇、蛤蟆和放屁蟲，妾身就曉得這命案的底蘊了！那馬老實爲什麼會自己用芟刀割下自己的頭呢？緣故正跟這三樣毒物有關，妾身推想，事實是這樣的——」

侯知縣靠在枕上，閉上眼諦聽著，命案發生前的情景，便在知縣娘子娓娓的述說中，逐一浮現出來：

……

陰沈欲雨的天，黑青青的一片。

莊稼漢子馬老實起個大五更，草草在灶房瓦罐裏舀水抹了一把臉，用了早飯，從媳婦手裏接過盛水的竹筒和一疊子烙餅，在門後取了昨夜新磨利的長柄大芟刀，扛在肩上，離家到田裏去芟草。

田地在小木橋正對面，他就走到了小木橋頭。

正打算過橋，忽然停住了。因他聽見橋底下的蛤蟆叫出很怪的聲音。他伸頭到橋下去，這時天色逐漸轉亮，他看見一隻癩蛤蟆坐在一個土洞外面，垂涎於一隻放屁蟲，而蛤蟆的背後，竄出了一條三尺來長的青草蛇，打算拿這隻蛤蟆當做早點來享用。

蛤蟆這東西，最是怕蛇，當牠轉身見著蛇時，全身上下的骨節都嚇得鬆軟了，跑又跑不動，跳又跳不起，撒了一泡尿，哀哀的哭叫著，反而蠕動著，自朝蛇嘴裏送。

青草蛇得意洋洋的吐著信子，要吞下這送到嘴邊的蛤蟆，蛤蟆因事起倉促，自身難保，哪還顧得先吞掉放屁蟲，然後再送進蛇口，去當個飽死鬼？

這當口，放屁蟲一瞅，強中更有強中手，蛤蟆在蛇的威脅之下，正是逃命的好時光，於是奮力一跳，打算從蛇與蛤蟆中間逃掉。

蛤蟆雖沒動彈，蛇卻開口直竄過來。

放屁蟲這種東西，身形雖小，卻有劇毒，牠的毒，全都蘊在放出來的屁上。蛇使放屁蟲受了驚，本能地朝轉身子，衝著蛇嘴打出一個屁去，青草蛇嘴裏挨了一屁，劇毒攻心，渾身扭動著，逃進蘆葦叢，在半昏迷中掙命去了。

放屁蟲無意中一屁，救了牠的大敵蛤蟆，可說是以德報怨的君子。但那隻沒心肝的蛤蟆，竟然過河拆橋，恩將仇報，瞪起眼攔住放屁蟲，硬要吃牠！

莊漢馬老實原是好奇看熱鬧的，可是，一瞧著這種情形，真可就肝火發旺，生起大氣來了。在鄉角裏的人，一向是退讓爲安，認爲是多管閒事多吃屁的，但馬老實是個愚魯直樸的漢子，他不願瞧著忘恩負義的蛤蟆把救牠一命的放屁蟲一口吞掉。

小木橋雖然不高，但繞彎兒下橋也得一會兒，要救放屁蟲一命，下橋去無論如何是來不及了，他一急之下，忘記手裏扛著的是一把大芟刀，刀口朝下，正在他頭頸上晃著，那蛤蟆眼看就要張嘴吞吃放屁蟲了，怎麼辦呢？

於是，他用手裏抓著的芟草長柄，猛力朝下一搗說：

「狗東西，忘恩負義，看我不搗死你才怪了哩！」

木柄搗下去，沒搗著蛤蟆，頸後的芟刀卻把自己的腦袋割掉下來，骨碌碌的滾落到旱河心去了！

……

至於蛤蟆，光顧著口腹之惠，還是把放屁蟲給吞進了嘴，不過，放屁蟲又是一屁，蛤蟆也丟了性命，和放屁蟲兩敗俱傷，整個的案情，也就是這樣的了。

聽完這一段描述，兩榜出身的侯知縣樂得心花怒放，連連擁吻著他的妻子，感恩的說：

「賢妻，賢妻，爲夫我這頂烏紗帽，這個七品前程，全由妳保住的，我這就寫下判狀，明兒一早呈給府官大人，了結這宗怪異的案子罷！府官和更上面的撫憲大人看到這種判決，定會激賞，那時還怕不擢昇?!」

當然，讀書的縣太爺寫判狀是拿手好戲，其中如：

「蛤蟆負救生之義，忘一屁之恩，反身阻路，凸其睛而鼓其腹，使放屁蟲陷於危境；馬老實雖直樸愚魯，而心懷惻隱，不齒蛙行，舉芟刀之柄，如驅救世之軍，及至兵變陣前，頭顱已落矣，嗚呼烈哉，此葛天無懷之民也！其且厚葬而祀之……。」

判文呈上去，府官批讚爲天下第一奇案，註曰：偵破此奇案者，誠天下一等奇人也！

誠如侯知縣所料，此案一決，喧騰千里，擢昇與讚頌齊來，很少有人知道，這案子是由縣太爺的娘子詳破的，——那時女人不興爲官作宦，祕而不宣也罷。

後來，侯知縣也曾想起來問過知縣娘子：

「妳怎麼那樣的聰慧？一聽那三樣東西，就能推想出根本緣由來的呢？」

「也許是由你公爾忘『私』，眼睜綠豆似的只顧前程激出來的罷，……你不回衙，讓人在內衙苦等，難道不急人麼？」知縣娘子說：「朝後男主外女主內的話，你可甭說了，有難事也甭躲著我，夫妻倆什麼事不好商量？」

「敬謹受教！」侯知縣說：「妳還沒答我的話呢，——妳怎會推想出那案子的原委來的？」

「那倒很簡單了！」知縣娘子說：「相公你有的，只是那些書本，遇事只知抱著書啃。妾身是鄉下人，懂得鄉下的日子，卻不迷信書本，不是這樣嗎？蛤蟆吃放屁蟲，蛇吃蛤蟆，鄉下孩子都曉得的。」

「嗨！」侯知縣嘆著嘆著又酸溜溜的謳誦出來，「古人云：盡信書，不如無書，良有以也！」

「甭說這些酸話了，傻相公。」知縣娘子又親暱的挨身過來，素體投懷，伸出蔥白粉嫩的手，捏起一塊精緻的茶食送到侯俊的嘴邊，呢喃的說：「吃些甜點心，破破酸罷！」

這一回，沒容知縣娘子追問「食之下爲何？」他捏她一捏說：「我這書本，跟妳那鄉下日子合一合如何？……日後生出個兒子來，必然是像我這樣，會做現成的官，可又有著妳那麼聰明……。」

說完話，咈的一聲，燈熄了，故事不完也該完了。

沙窩子野舖

七月梢的晌午，太陽毒得像把火。所有趕路人都讓暴烈的秋陽攆到路旁的楊樝底下去了。丈把高的楊樝樹紋風不動，樹蔭下人們躺著，吁喘著，交換葉子煙和涼水，使廉價的土花布手巾渾身抹汗。攀談不上一會兒，大夥兒便熱絡起來。

算命打卦的相士坐在捎馬子摺成的坐墊上，摸出黑牙骨摺扇，不停的搖著，滿嘴直管嚷熱，可就死也不肯脫下他的藍布大褂。果木販子架起雞公車，車兩邊的空籮筐張著大嘴。他倒坐在車把兒上，抿著嘴，把煙管兒吸得吱吱響。煙霧那邊，楊樝樹下拴著匹青驢，驢背上滿是些雜色皮貨。

「好一匹牲口！」果木販子瞧著驢便誇讚起來，一眼瞅清驢背馱滿皮貨時，忽然又笑個不歇：「嘿，我說小哥，大伏心販這個幹嘛來?!可真是臘月裏打扇子——不合時宜呀！」

販皮貨的年輕人蹲在樹根下，沒說話先紅了臉，兀自顯出初出遠門的模樣：

「不瞞你老哥說，我爹要我捎帶皮貨下江南，往年，我爹自去的時刻，總趕白露過後動身，聞說近年裏，南邊皮貨銷路好，馱的人多了，我爹的意思是趕個早市，早點脫了手，好趕回家團臘。」又搖著頭：「唉，伏天趕長路，累壞人哩。」

「你倒結壯著哟！」相士伸長腦袋插嘴說：「像我呀！一站荒路走下來，恨不得刨個坑把自家埋了才痛快！——竹筒裏還有水麼?」

相士從年輕人手裏接過盛水竹筒，咕咕嚕嚕喝一陣，又噴些在汗巾上抹臉。果木販子望得喉嚨發癢，嘆口氣說：

「可惜我沒能販得梨來！要不然啦，定得讓兩位吃個痛快——留點兒給我呀，先生。」

相士傳過竹筒去，年輕人在一邊低聲的說：「老哥，說起來難爲情，爲這點涼水；可是我那匹牲口，您得留點。」

果木販子裝著沒聽真切，把筒底兒朝天後，才轉過臉：

「難爲你，小哥。回程再遇上，青梨你儘揀大顆吃。」

太陽移動楊椏的影子，幾個人假寐了一陣，果木販子突然想起什麼來，扳著手指，一五一十的算路程：

「七里碑到楊椏林十二……腳下到沙窩子十里正……嗨呀，趕路要緊，沙窩寬六十，長六十，入夜要是巴不上野舖，沒飯吃事小，滾燙的沙丘能孵出蛋來，哪嘿找歇腳的地方。」

相士也醒了，揉著浮腫的眼，吸回嘴角流出的口水，回臉踢醒樹根下的：

「嘿，小兄弟，恁地也能趕長路！你沒出過門罷？——下晌時啦，要翻沙窩子哩！」

「沙窩子?!」年輕人一聽，便顯出精神：「先生，聞說沙窩子中間有個野舖兒是罷？」

「你是說範家野舖？」果木販子說：「百里方圓，誰不曉得那野舖，一口井打出冬暖夏涼的水，屋後好一片梨園，我販梨就到哪兒販的哩。」

「嗨，要是沒了那野舖，沙窩子這條鬼路才叫人見人愁！尤獨趕著伏天，熱氣蒸得人發暈。那臘月更兇，西北風棍打似的，沙灰迷人兩眼。」相士背起捎馬子，把牙骨扇兒斜插在頸後的衣領裏：「臘月要趕那條路，先得灌兩壺熱燙的高粱酒。要不然呀，準會凍挺在沙上，叫沙埋了！那種倒楣地方。」

三個上了路，再也懶得開口說話。雞公車嘰嘎，嘰嘎的尖叫著，應和著青驢脖下銅鈴振響，愈使人感到昏沈欲睡。楊椏林一排一排地朝後推移，從樹隙望過去，可以看到耀眼的平野；齊腰的秋禾田間，各種秋蟲齊聲的鼓噪不停。楊椏林越走越長，一直埋進遠天的雲影裏去。

好像聽得爹提過沙窩子野舖的好處——年輕人想：提過那口井，青梨，陳年的好酒，又提起跟自家年歲相彷的店家姐人品怎麼俊俏，待客怎麼殷勤。

「這回路過范家野舖，可得順道兒相相親！」爹臨別還交代說：「相中了回來講，我好請人去提親。」

一想到這點上，年輕人臉就泛紅，偷偷抬起眼，怕別人猜破似的。

走著走著，相士顛躓起來：「前頭該有茶棚了罷，菩薩呀！我快叫曬化了！」

「茶棚?!」果木販子想笑，嘴角牽動一下，沒笑出聲：「早著哩！」又聳聳肩上的麻車襻，慢吞吞補上一句：「走這條路呀你曉得——不巴到范家野舖，連狗都找不著半條哩！」

「將就歇會。」相士變了主意：「竹筒裏還有水麼?小哥。」

年輕人喉嚨跳動兩下，發出乾澀的聲音：「連牲口的那份，也叫老哥他給喝空了啦！」

果木販子不好意思，岔開話頭：「嗨呀！要趕上回程——你知道，青梨最解渴啦。」

不知從哪兒吹起一連風，吹翻了千萬片楊樹葉兒。沙路上捲起無數個小小漩渦，沙煙捲入半空，化成蛇形，奔逃了，再也覓不見蹤跡。喝，好涼風！年輕人心底下起了這麼一種讚嘆，想說給誰聽，一瞅同路那兩個狼狽模樣，又噤回去了。涼風使他從昏沈裏醒來，卸脫了大竹斗篷，解開白夏布汗褂上靠領口的紐子，涼風簌簌地從楊樹背後的曠野上吹來，吹得肩心的羊毛汗勒子透涼。

年輕人抬起臉，車輪大的日頭漸漸的甩西了；一塊彩雲薄而長，橫在落日中間叫染得透明。疲倦的蟬聲從後面爬過來，一直爬到前面去。蟬聲也像沒水喝的趕路人的喉嚨，沙沙啞啞的。路從楊椏盡頭起，陡然轉了一個大彎，愈走愈陷，伸進兩邊壁立的沙塹中去。那沙塹吃不住長年風雨的削刻，變成許多凹凸不平的水成岩狀的橫紋。

一走進凹路，涼風就躲開了，只顧在半空吹弄起陣陣沙煙，沙煙太輕了，只能在隱隱的陽光中看到它的黑影。青驢耐不住熱，唔昂唔昂地直叫，咬緊黏滿沙塵和涎水的嚼扣，一走一搖頭。

「快到了罷?老哥。」年輕人搖著空竹筒。

「問什麼呀?」果木販子咻喘著。

「嘟，得兒，嘟，嘟。」年輕人鼓著氣：「我說打尖（停息的意思）呀……那個范家野棚。這凹路，越走越荒啦！」

果木販子騰出一隻手來指著泛紫的天空，一陣烏鴉哇哇掠過頭頂，埋入沙塹下面去，身後，緊跟著一群野鳥又掠了過來。

「到底初出門喲，小哥。」相士慨嘆地：「沙窩子裏再沒第二戶人家，只要你順定鳥雀飛的方位，閉上眼統能摸到范家野舖哩。舖門口那顆沖天楡上，少說也有百十來個鳥窩哪！」

沙啞的蟬聲摔落到坡後去了。

凹道從塹中昇起，一把刀似的直插入眾多的圓頂沙坵中去，日頭不知打什麼時刻起，被扼殺在沙丘的缺口，空留下一片染血的雲。沙煙更猛了，鬼靈般的沙粒帶著哨子捲起來亂撲人臉。沙丘遍佈的大野叫黃昏的黯紫妝點得神秘了，人影扭折成畸形，龐然地在沙上晃動。灩灩的夕暉把旅客們的心也染紅了，簡直猜不透那到底是落日的餘光還是晚霞。

「啊……喲！這就是沙窩子麼？」

雖然熱氣把晚風也蒸得薰薰欲醉似的，面對這一望無垠的平野的薄暮，年輕人不由的讚嘆起來了。

「你看那邊！小哥。」果木販子吐口吐沫在掌心裏搓揉著：「那不是范家野舖?!」

年輕人搭起手棚望過去，在遠遠的沙丘中間，斜橫過一道曲折的河，浮動的黯紫流著，彷彿連天也流動起來。河岸邊一片黑札札的林木中拱起一顆尖頂老榆，樹周圍此起彼落的盡是鳥雀的黑影。

「唉…范……家……野……舖，我的老天，我的腳起泡了！」相士哼唧著：「能否打打商量，小哥。……你那匹青驢，那匹……好歹也空著。」

「可是那些皮貨，先生。前頭也快到了呀！」年輕人吶吶地，望著噴鼻的牲口。

「快到了?!」相士歪聳著背捎馬子的肩膀，不以爲然地：「望山跑倒馬，哎，扶我上去，皮貨我替你揹著罷啦！」

年輕人沒奈何，把相士扶上牲口。那相士被層層的皮貨圍成個雜色的毛球，前面垂著黑貂毛，水獺皮，後面倒懸幾綹狐狸尾巴，青驢一走動，條條狐尾便跟著搖晃起來。

「早先你到過鹽河罷？」果木販子問相士說。

相士望著逐漸黯下去的河面，好半晌才嘆說：

「幾十年前，我是河上的常客，對岸壩上有個集市，好多爿運鹽的槽局……這條河病在黃河佔淮之後，帶來了幾千里外的黃沙，慢慢地淤平了河底。鹽運一改成旱道，這兒就完了……一年年，風揚著河沙，把好端端兩岸弄成幾十里沙窩子，寸草不生。……眼見滄桑變幻，這如今，半截身子下土的人啦，還是飄泊江湖，唉，老哥，我說這人麼?連吃我這行飯的也難料定呀！」

天黑了下來，星光蓋滿頭頂，在風哨子聲中，越發增長了相士那番言語的慘愁。年輕人沒有心情聽那些滄桑事兒，恨不得早點兒趕到野舖去，見見那店家姐到底是怎生模樣兒。

驢鈴和車軸的聲音引來幾條壯狗，竄出來迎風狂吠，緊接著，兩盞迎客的紅紙燈籠昇起來了。燈籠使滑車懸吊在沖天榆的枝椏上，離地足有兩丈來高。年輕人一抬頭，便看清了碗大的黑字，一邊是「范家野舖」，一邊是「賓至如歸」，一見到燈籠，年輕人心底就泛起一股暖洋洋的感覺，餓火在胃裏燒，口也渴了。

石階上的木板門打開了，一個閨女柔聲的叱喝著狗，一面扭回頭叫：

「來客人啦，爹。」

「幾位客官啊？」店主人蒼老的聲音問道。

捏著辮梢的手指輕輕點動著：「三位，爹——常來的熟客倒有兩位呢！」

「哦——」店主人呵笑著，拖了長煙桿走了出來：「別呆著，好生安置客官們歇腳呀！」

果木販子衝著矮牆豎起他的雞公車，胡亂的擦著汗說：「范老爹，您園裏的秋梨好收成呀！」

「好哩——」店主人一眼瞅見那些皮貨，讚口不迭地：「哦喲，北地來的貴客，一等好皮貨呀，哦喲——」

相士下了驢，從大堆皮毛中鑽出身來，手按瓜皮小帽走上石階說：「認認我呀，范老爹。」

店主人揉著眼，猛可的雙手一揚說：「喝！我道是誰？原來是半仙呀！嗨，自打鹽河淤了，沙窩子裏再難見你的招牌啦！」

兩個相識的走進去了，年輕人仍然手抱皮貨，呆立在那兒。閨女過來牽驢，手挽著絡頭，不動，轉過臉盯著來客，傻傻的笑。

年輕人從青驢背後偷眼打量那個閨女，她看上去不過十八九歲年紀，瓜子臉蛋上配一縷短短的劉海，越發顯得俊俏，靠一邊，鬢角上斜插幾朵野花，花葉下，銀牙攏背的白珠子閃著光。

一碰到那對水汪汪的黑眼，年輕人便忸怩起來。

閨女端詳了好一會，說：「往年，總在白露過後罷，也有馱皮貨的來舖裏打尖，卻沒見你這般年輕的客人。」

「那……那……」年輕人興奮起來：「那是我爹，妳認識吧？」

閨女聽了，笑得前仰後抑的，兩根垂在微凸奶膀上的髮梢子直抖：「總不能都是你爹罷？馱皮貨的客人多哩。」

「我爹。」年輕人想著說：「我爹是個高個兒。」

「呵，真不巧；」閨女說：「馱皮貨的客人統不矮啊！」

年輕人皺著眉：「高個兒，寬肩膀，眉心有顆黑痣的！」

「一……顆……黑痣。」閨女突然扭轉頭，停了笑，只管拉驢到後槽房去。一路上，使手指撥弄衣襟上的紐子。

夜梟怪聲叫著，榆影下歇涼的趿著鞋，聊起天來。店主人談興很豪，葉子煙霧裏，笑聲和慨嘆交替著昇落。年輕人在槽房中餵完驢，一股疲乏的感覺攫住他，沈沈地打了一個呵欠，走回房去。

門窗全開敞著，客堂中間的燈光直射進房來。那是一盞古銅鏤嵌的垂燈，外加花葉形的護罩，燈下垂幾縷鵝黃色的流蘇穗兒。那該是店家姐精細的手編就的了，年輕人想。下弦月在朦朧的眼裏昇起來，月光透過窗棚，把竹條編成的稀疏黑影留在他臉上；窗外，銀白的鹽河把月光搖碎了，老榆上，不時傳來鳥雀拍翅的聲音。

竹榻涼涼的，剛抹過井水。店主人的笑聲愈來愈遠，初生的秋蟲在階石中怯怯生生的喝著，年輕人想睡。年輕人剛要入夢，忽然聽見窗外井欄上吊桿的聲音。

「咿——呀——咿咿——」

那閨女隔著竹籬正撥動吊桿打水，一繩一繩地，墜石的竹枝發出有節拍的咿呀聲。

「還在打水呀！快起更了罷？」年輕人想，不覺說出聲。

閨女停了手，吊桿上挑著彎彎的月芽兒。

「快起更了罷？店家姐。」年輕人望著月光下的人說。

「還早哩。」閨女說：「趕長路的客官總愛這麼問——趕長路真累人哩，大伏天。」

吊桿又動起來，咿咿呀呀地，閨女轉過臉去，望著月芽兒，年輕人有滿肚的話好說，卻一句也說不出口。這當口，歇涼的全進來了。

「喝，好大的露水。」果木販子拍打著芭蕉團扇。

「早些安歇罷，明兒一早，叫彩鳳兒帶你後園去看梨。」店主人噝噝的吸著煙：「不是我自誇，今年秋梨長的真夠實落，垂垂壘壘的壓折了枝條，喜煞人啦！」又跟相士說：「半仙也歇著罷，乾造（指男家）的，您可得算準了？下回再過野舖，可得好生喝上幾壺！」

年輕人揉揉眼，井欄上的吊桿還在動盪著；一陣風過，滿房都浮著野菊的香味。香味濃郁起來，那閨女手抱一把野菊，一手牽著垂燈穗子，輕風樣的飄進房來。

閨女把野菊插進碎瓷瓶，說：「我爹來看你，客官。」

「慢待你客官。」店主人走進房門：「這種地方，不常出遠門會不慣的哩。」

年輕人低下頭，偷眼瞧著閨女帶玉環的手：「真哪，老爹——到這兒，跟到家似的。」

「那就好啦！」店主人呵笑起來：「俗語說一回生二回熟，下回再過沙窩子，真會像一家人啦。」

老年的店主轉回身，閨女在一旁揑著毛茸茸的狐尾搖著，直管抿住嘴笑。

野菊的香味濃郁郁地，年輕人又打個呵欠，想睡。

嗶——剝——一聲，客堂中央的垂燈蕊子炸出一朵燈花。

啊！燈花！年輕人想。同時他聽到：「哦——燈花」那是閨女柔柔的聲音。閨女在年輕人的酣睡中又走進那間房，不響，不笑，只走到皮貨旁，輕撫一陣皮毛。然後，除去堂中垂燈的護罩，剪下那朵報喜訊的燈花來。

不曉得過了多久，年輕人被曉露的涼氣浸醒了。晨光黯黯的，淡霧在樹腰紆緩的浮游著，靜寂中傳來一聲雞啼，下弦月斜到茅簷一角去了。

細碎的腳步聲傳過來。

「進早飯了。」閨女說：「您的青驢備在門口——一路平安呀，客官。」

「嗨！」那個怔怔地：「哦，難爲妳，店家姐。」

「我叫彩鳳。」閨女低聲說：「我要帶梨販子後園去，不能遠送您，一——路——平——安，客官。」

「哦，一——路——平——安。」做客的恍惚應著，心裏很亂。

閨女打荷包裏揑出一把錢：「我爹說你皮貨好，相中了一條黑水獺。——這裏是錢，餘下的，到江南，請幫我梢點珠花什麼的……這就託過你了。」

青驢翻動蹄子，馱著年輕的做客人，走了。年輕人用力的催驢，背囊中有壘壘的東西碰腿，彎腰掬出來，盡是一顆顆帶露的秋梨……

「啊。」年輕人自言自語的：「我這麼糊塗！」

遠遠望見野舖那顆沖天榆，葉子落光了。年輕人暗想道：哦——不自覺的，一趟江南……是霜降過後了啦。風拂在臉上有些寒颼颼的，日頭一落山，風旋著沙，沙隔著煙，更顯出大野的荒涼。

遠遠的，迎客的紅紙燈籠在寒風裏搖盪，年輕人就感到自家的心也跟著搖盪起來。可不是麼，霜降過後啦！記得店家姐的託付，驢背囊裏多了幾扎透紅的胭脂跟珠花銀花。在冬天，園裏尋不著鮮花的時刻，珠花銀花戴起來可真鮮艷；珠花使紅絨串的，一朵五個圓球兒，銀花上立著一隻展翅的蝶兒，兩根閃亮的觸鬚兒見風就抖。

沙煙一落，眼前現出個趕路的人影。年輕人一眼就認清了那頂瓜皮小緞帽，藍佈的長袍，肩膀上斜墜著梢馬子。相士顯見是趕了一天長路，乏了，走路鬆鬆侉侉的有些歪斜。沙粒追著他屁股打，像追著一片風裏的落葉。

一聽鈴響，相士扭過頭，瞅見年輕人叫說：

「巧！可不是又碰上了頭！嗨，要是早點碰上你，小哥。我可真得騎一陣你那牲口——累壞了呀！巴不得早點飛到野舖去，弄兩壺熱燙的高粱潤潤心！」

野舖愈走愈近了，年輕人故意抖韁繩，抖得驢鈴嘿啷啷地亂炸。一陣風似的，幾條壯狗又圍上來咬個不停。準沒錯，只要狗一咬，木板門就會吱呀一聲響，店家姐就會出來招呼客商。一剎間，年輕人覺得想錯了：木板門關得嚴嚴的，聽不見裡頭有動靜。銀白色的月光落在茅簷上，也映起一片白，像是落了霜。呼——嗚——嗚——一陣風打榆樹枝椏中滑過，窸窣的乾葉硬打上了驢蹄。

「好寒呀！」相士雙手伸在袖籠裡，縮著腦袋：「許是日頭落山沒見過路客，關起門早睏啦。——別打楞，敲門呀！」

年輕人走上石階，咚，咚地敲門。

好半晌才有人應。那是店主人的聲音。

客人們走進屋，店主人才自怨自艾地說：

「嘿呀！想不到這般寒夜，你倆位竟會趕到野舖來，到底是人老眼花，黑裡錯當是誰哩。來罷，半仙，還有年輕的客官。牲口牽進槽房去，我這就來加草料。客堂裡木柴火昇得旺旺的，酒也燙著，我這就來收拾點野味，喝壺祛祛寒氣……嘿呀！想不到，大冷的天真是——」

默默的坐到火盆邊，對面的相士顯得安逸起來：

「唉，我說小哥，你沒在野舖裡過過冬天罷。——范老爹每年都備了隔年陳酒，你聞，這股香醇味道！不用喝進嘴就醉倒了人。嗨！人生只要坐在火盆邊，斟上一壺好酒，還有什麼好想的事——別儘楞著，喝！小哥，趕明兒，你騎了驢……回家，我呢？我還得跑我的…江…湖…人啦，人麼？人生有酒須當醉呀！」

店主人指著盤子：「這是獐腿，兔肉。」

相士打著酒呃：「透肥的野味，加上隔年好酒…呃呃…這一喝，怕明兒的早路也趕不成啦！」

「趕不成罷呀！」范老爹撫著花白鬍子：「我早說好生喝它一陣哩，像你我老哥倆這把年歲麼？怕再也喝不了幾回了啦？」

三個人不聲不響的喝著悶酒，酒香醇，爐火也旺。閃跳的火光照亮了兩張蒼老的臉。店主人頭髮全白了，鬍鬚連到耳根去，和飄拂著的銀鬢連在一起；相士眼窩深陷，額角密佈著皺摺，也密佈江湖上說不盡的滄桑與重重疊疊的哀愁。

漸漸的，熱力上湧。年輕人覺得眼裡的一切朦朧起來。

「喝呀！年輕的客官。」范老爹使錫壺斟酒：「趕明年，對啦，明年，園上秋梨成熟時，但望你再能路過野舖。」

「喝！我喝，老爹。」年輕人鬱鬱的笑著，也不知笑意從那裡來的。

門外的風勢更緊了，滿耳是枯枝銳吼和乾葉窸窣。潮濕的木柴在火焰上扭動，發出嗶剝的炸裂聲，年輕人一抬頭，頭頂上仍亮著那盞古銅鏤嵌的垂燈。喝呀，喝呀，年輕人在心底下自語著，可別等一醉醒來額前也飄起白髮喲！

「咿——呀——咿咿——」井欄邊，打水的吊桿又響了。

年輕人推開窗望去，空見吊桿在風裡自起自落，沒有半個人影。店家姐一定是睡了啦，風這般大，天又這般冷。她總不會獨對著燈守夜呀！不用擔心珠花銀花的事，只要她沒忘記，她自會在驢背囊裡摸得它，插在鬢髮上笑著送客的哩！一路平安呀！客官。他記著她那柔柔的聲音。

兩個年老的碰著杯，相對唏噓起來。

「嗨，鹽河……」相士眼裡帶著夢幻：「過去，都遠啦，一晃眼似的。我說老爹，日子真像一陣沙煙呀！」

「可不是。」店主叫一口酒嗆得乾咳起來：「彩鳳那丫頭——」

「這麼快呀！」相士說。

「霜降前就叫一轎抬走啦。」店主啞聲地：「一來呢？男家兩次三番來人催，二來姑娘也大了，我實在難回得哩！」

「可惜那一片梨園缺人照料啦！」相士伸出手，在火上翻烤。

店主人顫巍巍的舉著酒杯：

「那等明年再說罷——彩鳳過了門，我一個人悶起來常愛喝，嗨，不覺著似的，一壺，兩壺……就醉了。」一眼望見年輕人在發怔，便又舉起錫壺來：「別怔著，喝完杯裡的，我給你斟上。」

年輕人猛的一仰頭，喝盡了杯底的殘酒，一股辛辣逼得他臉紅：「哦——彩鳳姑娘嫁啦?!」藉著酒意，裝得自自然然的說：「可真是一轉眼的事呀！」

店主人的眼睛落在他的臉上：

「嫁囉！臨上轎她還惦記著你的黑水獺，真是一等的皮貨呀，客官。」

「這可算得喜酒呀！老爹。」相士拍著手笑起來：「好個彩鳳姑娘，唉，老爹——很像當年老嫂子哩。」

店主人嘆口氣：「你可別提她媽——她媽臨終還在擔心彩鳳的親事。在她媽的意思，一來不要離沙窩子太遠，回門方便。二來要合上生庚八字，不能犯沖忌。你曉得，她，她一直……嗨，若果你嫂子還在世，我還會終日醉沈沈的，像跌在酒缸裡麼?……記得去年裡，也有這麼一位販皮貨的中年人，高個兒，寬肩膀，眉心有顆黑痣的，他，他……」

「他怎樣?!他怎樣!老爹。」年輕人心頭一陣狂跳問說。

「他……」店主人回想什麼似的說：「哦——他路過野舖，一眼就相中了彩鳳那丫頭，夜晚，喝著酒，他當面鑼，對面鼓的，跟我提起這門親事。他說他家有個男娃兒，跟彩鳳相彷的年紀，要是我肯，他就讓那男娃兒上門相親。」

「後來哩？」年輕人又猛可地乾了杯。

「也沒怎麼的……當時，一者我嫌路遠了些，二者男方也沒及時留下生庚八字。第二天，馱皮貨的客人也就走了，一直沒再來過，閨女也大了，留不住了，不嫁麼？客官。許是那客人醉了酒，說著玩話，我總不能空等著——幸好半仙來這兒，鹽河南壩上的韓家有人來提這門親，碰巧生庚八字全合上了。我說，世上事全都湊個機緣哩！」

「一點不錯！」相士嘆道：「都是機緣，老爹。」

年輕人呆怔著，跟著說：「哦——都……是……機……緣……」

碰!的一聲，酒杯從他手上滑落了。

「哎哎，」店主人伸手攙扶他：「陳酒勁足，你醉了，客官。」

「呵——哈。」相士伸著懶腰：「我才像是真的醉了。快起更了，趕長路真累壞人——我說老爹，咱們都該睡了。」

風在沙窩子中間吼著。

年輕人從槽房裡拉出他的青驢，悄悄的走了。

吊車上兩盞紅著眼的燈籠仍然挑著夜色，碗大的黑字旋轉過來，一邊是「范家野舖」，一邊是「賓至如歸」。客堂中央，曾爆過燈花的垂燈底下，爐火上空自飄著一堆珠花銀花焚化了的輕煙。

鄉巴老捉賊

祁跛子戴上斗蓬，把小錢袋揣在懷裏，到鎮上去買驢。他靠磨坊過日子，磨要靠驢去拉。原先的那匹老青驢中暑死掉了，害得磨坊三天沒開磨。

七月裏，晌午心，太陽地裏能孵出小雞來，人一離開蔭涼，汗就瓢澆似的淌。倒楣的風也不知吹到哪裏去了，連天上的雲彩也找不著一根風刺兒。祁跛子走到北大塘邊的大桑樹下，把白小褂脫了，用塘水濕濕當汗巾使，通身抹了一把汗，倚在樹根吸了一袋煙，還是熱。遠近樹梢上不知有多少「知了」也全都啞著嗓子叫熱。路那邊好大一塊包穀田，那些帶衣的包穀棒子吐著紅鬍子，鬍梢鬈曲，彷彿被太陽燒焦了似的。

「要不是急著買驢，鬼才頂著一盆火趕路呢！」祁跛子自言自語說。

「我聽聲音就知是祁大叔。」那邊有個懶洋洋的聲音說。

祁跛子光聽見人說話，可就沒看見人在哪裏。

「哎，癩子！」祁跛子叫道，「怎麼鑽到地底下去了！」

癩子嘿嘿的笑著從草溝裏站起來，頭上頂著一件簑衣，活像一隻大刺蝟。

「老婆逼我下田看包穀來了！」癩子說：「我老婆說，包穀鬍子一紅，我做夢全夢著小賊來偷青，你要不下田看著，等別人收包穀，你只能收些包穀稭子回來燒火！——你瞧，我這塊包穀長得多好！每個包穀棒子，全像大油瓶！」

「若是真有賊，他們也不會介意你這點包穀！」祁跛子說：「就算每個棒子全像大油瓶，也買不到我那匹老青驢。」

「就是金牙老八那狡賊看上我的包穀，他也偷不去！」癩子舉起他手裏的火銃說，「他要想偷包穀，他得拿頭來換！」

「就是金牙老八他爹看上我的老青驢，他也偷不走！」祁跛子說，「他要想偷我的驢，我就要他替我拉大磨。」

「那就是說：誰也偷不去我的包穀，就是金牙老八來，也不成！」

「那就是說：誰也偷不走我的青驢，就是金牙老八他爹來，也不中！」

兩個人哈哈大笑起來。

「我的包穀在這兒，」癩子突然想起什麼來，說：「你的驢呢？你的驢呢？祁大叔。」

「叫閻王爺牽去騎了！」祁跛子嘆口氣說：「要不然我會頂著太陽上鎮去？我得揀匹合意的牲口頂牠的空兒。」

「可惜可惜，」癩子說，「若講包穀，全鄉就算我的包穀好，若論牲口，全鄉就數你那牲口強。我跟你一道上鎮去，你揀你的牲口，我買我的火藥！」

「你披著簑衣走路，不怕中暑嗎？」祁跛子說。

「沒辦法！」癩子做個鬼臉：「七月天，像我老婆那種脾氣，哭笑無常，萬一來場雷暴雨，不是打溼了我的火藥?!」

兩個人上了路，一個歪歪拐拐，一個搖搖擺擺，有說有笑的翻過黑松林，來到鎮梢的牛羊市場。市場設在一座雜木林子裏，樹上拴著各式各樣的牲口，祁跛子拔下小煙袋，吸起一袋煙，癩子也拔下小煙袋，吸起一袋煙，轉來轉去的要揀一匹合意的驢。無奈牲口群裏一共只有兩匹驢，老的那匹太老，小的那匹又太小了。

「祁大叔。」癩子說，「我看今兒買賣做不成了，一共只有兩匹驢呀！」

「幸好有兩匹，」祁跛子說：「要是只有一匹，那簡直沒法揀了！」

「開行的。」癩子神氣活現的叫著，「來罷，我們祁大叔那匹老青驢三天前被閻王爺借去騎了，他要買一匹好驢，要買一匹連金牙老八也看得上眼的驢！」

開行的怔了怔，像突然鬧了牙疼病，歪起嘴，朝裏倒吸一口冷氣說，「我的天！旁的什麼事不好提?!你偏提金牙老八?!要是叫他聽了去，豈止偷了你的驢?!怕把你腦袋也偷了去。」

「妙，妙！」癩子說，「腦袋若吃他拎了去，涼風直朝脖子洞裏灌，喝涼粉似的，馬上就會醒迷了！——我們祁大叔不在乎金牙老八！」

「我連金牙老八他爹全不在乎！」祁跛子說，「可惜這匹驢太老了。」

開行的把眉毛皺了一大把，拿鼻孔衝著祁跛子兩眼說：「我問你，你老祁老不老?!」

「我老什麼?!」祁跛子說，「我今年四十八，鬍子還沒留哩！」

「是囉！」開行的理直氣壯的，「這匹驢不但沒鬍子，牠也沒像你那樣跛著腿呀。」

「可是牠卻瞎了眼了。」祁跛子又挑剔說。

「你真是少見多怪。」開行的說，「瞎了眼省戴驢眼罩兒，拉磨時決不會偷吃麩粉，既省事，又省耗費，豈不是更好嗎?!」

祁跛子想來想去，蹲在地上連吸了好幾袋煙，再也剔不出老驢的毛病來，便對癩子說：「既這麼地，我看就揀了牠罷！」

癩子說：「好是好，可不知金牙老八是不是看得上牠！」

「可不知金牙老八他爹是不是看得上牠！」祁跛子自言自語的唸著。

「噢，我敢賭咒！」開行的說，「金牙老八一家子全會喜歡牠，只怕你不喜歡看著他偷走你的驢罷了！」

「我自有法子對付他！」祁跛子胸有成竹的說：「他若想偷走我的驢，我就套住他脖子，讓他替我拉大磨！」

「換句話說。」癩子在一邊幫腔，「他如果動的是包穀的主意，我就請他先吃一筒火藥。」

兩人買妥了驢又去買火藥，買妥了火藥又去進飯舖，出了飯舖，又在街口看了一場獨腳戲，等到太陽快啣山了，癩子惦念起他田裏的包穀來，才催著祁跛子回去。

晚風穿過遍野的秋禾子田，無數禾葉沙沙響著，而樹上的蟬聲越唱越沒有勁了。祁跛子既花錢買了驢，出了街口就騎上了；癩子步行，還是嫌熱，便把斗蓬推到背後，小褂子脫了搭在火銃的銃管上，讓涼風兜著胸口吹。

翻過黑松林，看見前面有個趕路的，肩上搭著一條竹扁擔，扁擔頭上繫著繩，繩上栓著兩條麻布口袋。走不上一會兒，兩人趕上了他，三個人同路。

「好生的面孔，」癩子搭訕說：「我看老哥準是外路人。」

「你猜對了！」那人說：「我打城裏來，下鄉收包穀。」

「收包穀還用跑這麼遠?!」癩子說。

「你不曉得，」那人說：「沙地長出來的白包穀，顆粒兒又大，含水多，又甜，又嫩，又香！這兒只有祁家磨坊附近，真正青沙地，我賣青包穀，買貨要買到地頭！」

「你說的可正是癩子家種的那七畝白包穀！癩子可就是我！」癩子開心的說，

「遠近誰不知我的包穀長的好，連金牙老八全動了心。」

「我的天！」趕路的人伸伸舌頭說：「那你得留留神，金牙老八那個人，可比你那包穀更聞名，他是個神偷。」

「我不管他怎麼個神法兒！」癩子說：「除非他能吞得下我腰裏揣著的火藥。他要真想動我的包穀，我能轟他八大塊！我老婆教我說：『鄉裏偷包穀的小賊，都拎的是籃子，金牙老八要偷包穀，一定帶的是麻包！那狡賊口胃大，一偷就是半畝。』」

「若果帶麻包的就是金牙老八。」趕路的說：「你爲什麼不衝著我腦袋開一銃?!若果你老婆不是傻蛋，那傻蛋就是你！」

「我老婆不是傻蛋！那傻蛋也不是我！」癩子說：「我老婆又教我說：『金牙老八嘴裏有金牙，怕人認出他，他白天繞著包穀田轉圈子，撞上了人絕不敢張開嘴來笑。』」

「噢！」那人嚷著說：「你就是當真衝我開一銃，我也要罵：你老婆跟你全是傻蛋！我嘴裏正好也有顆金牙！那我就該是金牙老八囉?!」

「你笑成這個樣，你當然不會是金牙老八！」癩子說：「我老婆還教我說：『那金牙老八要真看上我們的包穀，他定會先看上祁大叔的老青驢，他會先偷祁大叔的驢，然後再牽驢來偷包穀。到那時，你藏在草溝裏，聽見一路包穀葉子響，衝他開一銃！嘿嘿嘿……』」

「笑個屁！」騎在驢上的祁跛子擔心的嚷叫說：「你只能轟金牙老八，可不能轟中我的驢！你那七畝包穀還不值我的驢錢呢！」

「我也不轟金牙老八，也不轟你的驢！」癩子說：「我老婆教我把銃口高抬一點，——只費一銃火藥，就能換得兩條麻布口袋！我老婆說過了：『癩子聽著！你只消朝天開一銃，那金牙老八準會扔了麻包，騎了驢就跑！』」

「糟糕！」趕路的說：「照你這麼說法兒，你算白撿了便宜，卻讓這位大叔白貼了一匹驢啦！」

「哼！」祁跛子氣沖沖的說：「我連半根驢毛也不貼！我說過好幾回了——他要想偷我的驢，我就套他拉大磨！」

「喝！真是一個比一個強！」趕路的帶點嘲弄的意味誇讚說：「打個比方說：我是金牙老八，我要偷你的驢，你怎麼樣套我？」

「除非他偷我驢！」祁跛子說，「也打個比方說：你是金牙老八，你要偷我的驢，我單看你怎麼個偷法？」

「你要先問我偷法，我得先問你驢拴在哪兒，」趕路的抬起槓子來：「你怎麼拴，我怎麼偷！當然囉，我也只是打個比方的說法。」

「好！那我就再打個比方告訴你！」祁跛子說：「我的磨坊東西兩間屋。東邊住的是人。西邊安的是磨。我夜晚用一副『丁』字形的牛鐲，一頭鐲住驢頸子，一頭鐲在磨眼上，另一頭等著鐲你！我把大門關著，加上槓子槓著。我把窗戶閉著，全用搭扣扣著。你怎麼進得去?!好！就算你能進得去，你怎麼能牽走我的驢？——辦法當然有，只要你肯扛走我那扇青麻石鑿成的磨盤，重也不算太重，也不過八百廿斤！也不過把你腦袋壓到肚裏去罷了！」

「好個難題目！」趕路的說：「真比偷癩哥的包穀更難，但也只能難住我，可難不住神偷金牙老八！金牙老八要是我，他就會挖穴進屋去，趁你睡著的時刻，偷了你腰眼掛著的鎖匙去開牛鐲！他只要那匹驢，可不稀罕你那扇磨盤！」

「你完了！」祁跛子興沖沖的說，「我鬧了半年多的夜咳病，夜晚根本睡不著。我也猜準金牙老八會挖穴，我等著他！等他把穴挖好了，仰臉朝天進屋，我只讓他從穴裏伸出一個頭，嘿嘿嘿……我就……」

「怎樣?!」趕路的吃驚說，「你會給他一刀?!」

「可惜我跟金牙老八沒有那個仇！」祁跛子笑說：「我只消放一條棗木長凳在他脖子中間，他兩手在洞裏，壓根使不上勁，他只好出不來，縮不走，非但喊我祁大叔，還得喊我老祖宗呢！他要敢不喊，我就朝棗木長凳邊上一坐，管保他喘不出一口氣來。然後我用牛鐲鎖住他，告訴他開鐲的鎖匙吊在樑頭第一根柱子上。然後，我就睡覺。然後罰他替我拉半個月的大磨！」

「厲害！厲害！」趕路的叫道：「就比如金牙老八是我，也算你贏了！但是，金牙老八要是趁你睡時，爬上樑去偷了鎖匙，你可不是落了一場空？」

「你放心！」祁跛子說：「我沒有那麼傻法兒，他那鐲的鐵鍊子不夠長，他永不用想爬到樑上。」

「但願你能像那樣捉住金牙老八。」趕路的噓了一口氣說：「等我買了青包穀回去，定要看看他怎樣拉大磨?!」

「我要他跟在驢屁股後頭！」祁跛子說。

「還得讓他磨一磨他沒偷得走的白包穀！」癩子附和說。

三個人都開心的大笑起來。

太陽睡到身後的黑松林裏去了，趕路的跟癩子談起買包穀的事，埋怨他自己出城太晚了，當夜趕不回城裏去，白白耽誤了半天的生意。「城裏人最愛吃青包穀！」他說：「加些精糖一煮，一個早市就能賣百兒八十斤！」

「只要價錢相宜，」癩子說：「我七畝田的包穀全賣給你！我老婆說過；城裏賣青包穀的擔子下來收青包穀，都會出好價錢。等買賣做熟了，你免得再跑路下鄉，我用牛車替你裝了去。我老婆說，我要是進城，得替她買些胭脂花粉！」

「那好，」那人說：「我不但送她胭脂花粉，我還得請你痛痛快快的喝酒！我這人一向爽快，不講欠的，只講現的，胭脂花粉我沒帶著，酒卻帶來了一葫蘆！真是原泡好酒！我這就打開來讓兩位拿肚子分裝了罷，免得吊在麻包裏亂晃盪。」

趕路的打開那葫蘆，撲鼻的香味使祁跛子口涎直流，使癩子渾身發軟，三個人就歇在北大塘邊的大桑樹下，揀桑棗兒下酒，輪流的大喝起來，直到月亮起暈，葫蘆見底兒，還乾抱著葫蘆捨不得散呢。

這一頓酒，把不相干的人喝成了你兄我弟了，癩子扯著他說：

「今夜你住到我家去，自己朋友，諒你也不會把我老婆拐走！馬虎點，外間搭張便鋪，好生歇一夜，明早我放牛車送你。」

祁跛子說：「近的不求，卻去求遠，什麼話？我磨坊就在那邊，一聲喊得應，你去，委屈些兒睡磨盤，又涼，又利爽！」

「我哪兒全不去。」那人說：「說不定金牙老八今夜就下鄉，大叔得小心你的驢，癩哥他守著包穀田，我就在樹底下躺躺好了。兩邊出了岔子我都招呼得著。」

癩子醉眼朦朧的望著初昇的月亮說：「你看，月亮光一汪水似的，我不信金牙老八有那個膽子，敢到老虎嘴裏拔牙！」

「連金牙老八他爹算上！」祁跛子打著酒呃：「諒他也不敢在太歲頭上動土！」

三個人哈哈笑著散開了，癩子蹲在草溝裏看包穀，那人留在大桑樹底下睡覺，祁跛子牽了他的驢，蹌蹌踉踉的回到大塘對面的磨坊去。吱唷蟲在野地上叫著，月亮在水塘上搖晃著，祁跛子覺得有點兒醉了。

看守包穀的癩子醉得更厲害，頂著簑衣坐在沾露的草上，飄飄搖搖的好像在雲端裏一樣。月亮穿過雲，在包穀的纓頭上走著，眨眼看成兩個，眨眼又看成一個，墨藍裏的星顆子彷彿被天風吹得到處跑，好像包穀田裏的火螢蟲，愈想定神，愈是模糊，到末了，根本分不出哪些是星顆子，哪些是火螢蟲了。

「噯，老哥！」癩子喉嚨癢得耐不住，扭過頭朝桑樹底下那人說：「幸好你不是金牙老八，你如真是金牙老八，我就疑心你那酒裏下了蒙汗藥了！」

「我要真下了蒙汗藥，」那人說：「你就不會在那兒說話了！」

又過了一些時候，癩子說：「嗨，怎麼瞌睡蟲全弄到眼皮上來了?!就算你沒下蒙汗藥，我可也撐不住了啦！」

那邊沒答話，癩子把耳朵貼在地上一聽，那人睡著了，正在呼呼的打鼾呢！癩子本來想和他談談說說，提一提精神的，如今只好一個人枯坐著，滿腦子酒意，一陣懊悶起來，不住嘴的打著呵欠，儘管心裏唸著：「睡不得，睡不得，睡了癩子放跑了賊！」可是那眼皮偏不聽話，唸呀唸的就闔上了。

二更多天，月亮坐在天頂上，磨坊裏的祁跛子聽見屋外有了動靜。人帶七八分酒意，懶得動彈，心想當真金牙老八會來偷我驢不成？翻身朝外再一聽，嗬！邪門兒！衝著窗角下面，明明有人正在挖穴掏洞。祁跛子暗笑著，心裏罵：「雜種賊秧子！爺在等著你呢！你來罷。」

外邊那個賊想必是個笨賊，挖穴挖的好響，像怕屋裏人不醒似的，哪裏是什麼金牙老八。祁跛子趿著鞋，悄悄下了床，把牛鐲和棗木長凳全預備妥了，等著那賊入殼。

等不到一會兒，穴被挖通了，地下落進一線月光，慢慢的，月光沒了，黑乎乎的伸進一個腦袋來。祁跛子雙手舉起棗木長凳，輕輕擱在那人的脖子上說：

「對不住，老哥！我老祁最怕見風招涼，你就委屈點兒，替我堵住這個穴窿罷！。」

那人吃長凳鎖住脖子，彷彿自知理虧，任憑祁跛子笑話他，連大氣全沒哼一聲。祁跛子一隻手拎著牛鐲，一隻手摸到那人頸子，喀的一聲就把他給鐲上了。

「鎖匙放在樑頭第一根柱子上，」祁跛子說，「我要補睡一覺去了。」

祁跛子爬上床，當真朦朧起來，滿以爲那賊會拖著鐵鍊爬柱子，扮一扮猴子，誰知那賊一點兒也不在乎，竟在洞口打起鼾來了。

「原來他跟我一樣！」祁跛子說：「箇雜種！他是喝醉了酒的。」

朦朧中，也不知過了多久，忽然被北大塘那邊的喊聲叫醒了，那是包穀販子的聲音：「祁大叔！快點兒來！有賊……啦！」

祁跛子怔了一怔，心想「妙」呀！我這兒已捉了一個賊，那邊又在鬧賊，到底有多少個賊？我倒要去瞅瞅究竟是怎麼一回事！起身下了床，順手在門後摸了一根木棒，開了門，歪歪拐拐的撲向塘北去；天到五更了，露水很濃，到處都裹著沁涼潤濕的霧氣，月亮斜墜到塘西去了，塘面上的星影，一顆一顆在遠村的雞啼聲裏遁落。

「癩子！癩子！」祁跛子一路喊叫說：「你捉住偷包穀的沒有？我早把偷驢的給鎖上啦！」

邊喊邊叫的走到包穀田邊，揉眼再看，哪兒有癩子，連鬼兒也沒有，倒是那些大油瓶似的包穀棒子全被人摘了，路上成攤的包穀鬍子。

「啊！」祁跛子自言自語地說：「原來癩子睡著了！等買包穀的那位一叫，才醒過來，他們就一道兒追賊去了！」

祁跛子坐在桑樹下面吸了一袋煙，還沒見兩人回來，又拾起木棒朝回走，剛走到門口，就聽見屋裏鐵鍊叮噹響，那個賊在發起脾氣來了，祁跛子一聽，那明明是癩子，推開門去點燈，可不正是癩子，雙手抱著頭，蹲在那兒咻咻的喘。

「原來是你挖的窟?!」祁跛子張口結舌的說：「存心不良，天罰你！你那包穀全叫賊偷去了！」

「何止偷了我的包穀！」癩子苦笑起來：「我那七畝包穀加起來，也不值你那匹驢呀！」

「怎麼？我的驢?!」祁跛子火燒屁股似的跳起來。

「叫賊牽去馱我的包穀去了！」癩子慢吞吞的說：「誰叫咱們貪喝金牙老八的酒。他趁我睡著了，打了我一黑棍，把我揹來送進穴裏，然後，他到田裏摘包穀，揹了包穀到磨坊後面，再跑回去叫捉賊，等你出門，他就來牽驢。我醒過來，看他用驢馱了包穀走了。我腦袋被一棍打的暈糊糊的，動不得，叫也叫不出聲……」

祁跛子沒說什麼，——他雖沒挨一黑棍，也暈過去了。半晌才幽幽的吐出一口氣說：「他怎會找到那吊在樑上的鎖匙？」

「你昨夜早跟他說了！」癩子說。

「噢！」祁跛子打了自己一個嘴巴，「早知他是金牙老八，我就不跟他說了！」

「可不是！」癩子悶聲的說，「早知他是金牙老八，咱們就不喝他的酒了哩！」